一笑

古龍自署

古龍武俠小說 領先時代半世紀

【記者賴素鈴／報導】江湖代有才人出，這廂古龍凋零二十載，那廂今朝懸賞百萬獎新秀，浪淘不盡，唯有武俠熱愛，不隨時間變易，在學術研討會上更見分明。以「一代鬼才：古龍與武俠小說」爲主題，淡江大學第九屆文學與美學國際學術研討會昨起在國家圖書館，展開爲期兩天的議程，紀念武俠小說家古龍逝世二十周年，新生代學者與古龍故舊齊聚一堂，以文論劍話武俠。

日前與淡大中文系教授林保淳共同發表《台灣武俠小說發展史》，武俠小說評論家葉洪生昨天在專題演講中，直批胡適1959年底發表「武俠小說下流論」是「胡說」，學界泰斗的不當發言以及隨即展開的「暴雨專案」，反而促成1960年起台灣武俠新秀的繁興，「武俠小說迷人的地方，恰恰在門道之上。」，葉洪生認定，武俠小說審美四原則在文筆、意構、雜學、原創性，他強調：「武俠小說，是一種『上流美』。」

集多年心血完成《台灣武俠小說發展史》，葉洪生認爲他已爲從十歲起迷上武俠小說的半世紀畫上完美句點，並且宣布他「以後決心退出武俠論壇，封劍退隱江湖」。

雖然葉洪生回顧武俠小說名家此起彼落，套太史公名言「固一世之雄也，而今安在哉？」，認爲這是値得深思的嚴肅課題，昨天意外現身研討會而備受矚目的溫世禮，則爲了紀念同是武俠迷的哥哥溫世仁，推出第一屆「溫世仁武俠小說百萬大賞」，即日起至今年10月3日截止收件，經兩階段評選後於明年12月7日公布首獎得主，預料將會是一場武林新秀的龍虎爭霸戰。

看明日誰領風騷？風雲時代出版社發行人陳曉林眼中的古龍，其實領先他的時代半世紀，以致如今雖然古龍逝世20年，陳曉林認爲大家對古龍的了解仍然有限，預言未來世代更能和古龍的後設風格共鳴。

昨天這場研討會，也凸顯武俠小說作爲一項文學研究門類，仍有待開發學習空間。多位與會者都指出，武俠小說的發表、出版方式和管道具考證難度，學術理論與論文格式的建立待加強。而武俠名家的版權之爭、市場競爭力，也增加出版推廣困難，古龍武俠小說的版權糾紛、司馬翎作品的版權官司也成爲研討會的場外話題。

第九屆文學與美
一代鬼
古

古龍兄為人慷慨豪邁，跌蕩自如，變化多端，文如其人，且復多奇氣，惜英年早逝。余與古兄當年交好，且喜讀其書，今殊不見其人，又無新作可讀，深自惋惜。

金庸

一九九六．十．十一．香港

（印：金庸）

古龍集外集 5

驚魂六記之

羅剎女（上）

古龍——創意

黃鷹——執筆

古龍集外集 5

驚魂六記之

羅剎女（上）

目錄

【驚魂六記代序】

恐怖也有它獨特的意境

古龍

想寫「驚魂六記」，是一種衝動，一種很莫名其妙的衝動。

一種很驚魂的衝動——驚的也許並不是別人的魂，而是自己的。

因為這又是一種新的嘗試。

嘗試是不是能成功？

天知道。

我不知道，我真的不知道，我嘗試過太多次。

有些成功，有些失敗。

幸好還有些不能算太失敗。

寫武俠小說，本來就是該要讓人驚魂的。

荒山，深夜，黑暗中忽然出現了一個人，除了一雙炯炯發光的眸子，全身都是黑的，就像是黑夜的精靈，又像是來自地獄的鬼魂。

如果是你，忽然在黑暗的荒山看見了這麼樣一個人，你驚魂不驚魂？

一刀要砍在你脖子上，一槍要刺在你肚子裏，你驚魂不驚魂？

不驚魂才怪。

我要寫的驚魂，並不是這種驚魂。

恐怖也有它獨特的意境。

「意境」這兩個字，現在已經不是個時髦的名詞了。

現在大家講究的是趣味，是刺激，是一些能令人肉體官能興奮的事。

意境卻是屬於心靈的。

所以恐怖的故事才必須有意境。

因為只有從心靈深處發出的恐怖，才是真正的恐怖。

那種意境，絕不是刀光血影，所能表達的了。

那才是真正的驚魂。

好萊塢的電影「大法師」就表達了這種意境，它的畫面、影象、動作、聲響，都能令人從心底生出恐懼，一種幾乎已接近噁心的恐怖。

可惜寫小說不是拍電影。

小說沒有畫面影象，也沒有動作音調，只有用另一種方式表達。

要用什麼方法才能表達出一種真正恐怖的意境來？

文字。

無論寫什麼小說，文字都絕對是最重要的一環。

故事當然更重要。

沒有故事，根本就沒有小說。可是故事中真正令人恐怖的卻很難找尋。

有人說，鬼故事最恐怖，鬼魂的幽冥世界也最神秘。

可是又有誰真的見過鬼魂？

這種故事是不是也太虛幻？太不真實？

我總覺得在現代的小說中——無論是哪一種小說，都一定要有真實性。

所以我寫的「驚魂六記」究竟是種什麼樣的小說，到現在還沒有人知道。

只有等各位看過才知道。

【導讀推薦】

《羅剎女》：表層是武俠小說，深層是心理小說

著名文化評論家 秦懷冰

在「驚魂六記」系列中，《羅剎女》的特色非常鮮明，因為這是「六記」中唯一以詭異女性為主導者，並以多位美麗女性為受害人的故事，表面上的男主角蕭七，其實只是整個劇情的旁觀者而已。由古龍提供題旨創意與故事大綱，而由黃鷹執筆仿照古龍文風撰成的《羅剎女》，如同六記中的其他故事一樣，真正的精髓在於抒寫和凸顯「發自心靈深處的恐怖」，所以，形式上它也是一個以武俠加驚悚加懸疑再加偵探、推理的「綜合型武俠」，但實際上它卻是一篇極富實驗性與想像力的心理小說。古龍求新求變的創作意旨，於此篇中表達得格外鮮明。

獵殺美女的妖魅

驚悚的氣氛與感覺，從一開始就籠罩著與劇情相關的各色人等。有「天下第一美男」之稱的劍客蕭七偶而徜徉湖畔，湖上漁家少女被他的風采所吸引，向他嫣然一笑；這本是尋常之極的小事，殊不料，蕭七自此即不斷目睹各種恐怖、離奇、血腥、驚魂的情景與事件，其間甚且不時出現羅剎鬼女向他挑釁、暗算，又不待他反應，即在突然出現的白霧中倏忽消失。不久，蕭七便在羅剎鬼女有意留下的瓷像中發現一具屍身，其生前即是曾向他微笑傳情的漁家少女金娃。

在追尋真相與兇手的過程中，驚悚離奇之事自是層出不窮。除了偶而現身的羅剎鬼女外，居然還有幽冥先生、地獄使者、雙面閻羅等駭人聽聞的陰間鬼怪出沒於案情內外。此處，顯然援用了古龍偶而喜歡採擇的古代佛學雜記所載典故：原來閻羅乃是梵語，或作閻魔、琰魔，「閻羅之義，實為雙王，乃是兄妹二人，同主地獄！」於是，作者便鋪墊了許多男女閻羅神出鬼沒，撲朔迷離，令官府查案人員如墜五里霧中的詭秘情節。當然，這一切鋪排其實都只是惑人耳目的煙幕，作用在於將驚悚和恐怖的氛圍烘托得更加逼真，更加「驚魂」。

從蕭七的視角看去，他儼然面臨了妖魔鬼怪在他面前一再作祟的離奇情境，但他畢竟不失為神智清明的俠義中人，尚不致為幽冥、閻羅、羅剎鬼女等形象與不斷出現的殺人命案、美女屍骸所嚇倒。除了金娃之外，他熟悉的世交美女湘雲，也在羅剎女的獵殺下罹難，接著是他一向心儀的姐妹花杜飛飛、杜仙仙……事到如今，蕭七不得不感知到羅剎女一連串獵殺美女的行為，應該是衝著他這個「天下第一美男」而來的。

古龍式的情節扭轉

然而，這一連串詭異驚悚、駭人聽聞的美女命案，以及命案發生前後各種出人意料的動作、掩人耳目的煙幕，在在顯示絕非羅剎鬼女一人，或所謂男女閻羅二人所能執行；尤其，漁家女金娃、世家女董湘雲，與富家女杜飛飛、杜仙仙，彼此互不相識，身分懸殊，且相隔遙遠，絕無地緣關係；那麼，兇手為何鎖定她們為下手獵殺的對象，還要花費偌多心神和氣力，將她們的屍身作了種種欲蓋彌彰的處理，更特意設法要讓蕭七目睹這些艷屍？

杜家二女，蕭七本以為端莊矜持的堂姐杜飛飛遇害，結果真正遇害的是天真美麗的堂妹杜仙仙。這當然是古龍式小說布局中常見的情節扭轉，不過，在《羅剎女》中，這一扭轉卻直接揭露了連串美女命案的作案人及其動機。作案者果然不止一人，但也並不是一個殺手組群或黑道幫派之類的團夥，而是少數因嫉妒心狂熾，見不得他人得遂心願，故必欲毀之而後快的心理變態之徒！

幽冥先生、男閻羅王之類惑人心神的作為，主要來自不起眼的小人物「蜘蛛」，他配合羅剎女營造種種詭異驚悚的氣氛與情景，甚至配合獵殺金娃、湘雲等多位美女，而根本不顧及任何後果，究其動機，卻是因為他面貌醜陋，不被女人喜歡，見到蕭七手神俊朗，頗受美女青睞，因妒生恨，知悉羅剎女要獵殺的皆是愛慕蕭七的女人，便自願配合行事，製造種種恐怖情景以誤導蕭七及官府查案人員。如此心術，實已扭曲至恐怖的地步。

驚悚至極的殺機

但更恐怖的是杜飛飛。她處心積慮地獵殺金娃、湘雲，以及每一個曾對蕭七表示好感、或蕭七曾對之表現過興趣的美女，甚至毫不顧念姐妹情誼，照樣冷血地殺戮朝夕相見的仙仙，究其原由，無非是因她們都是美貌的女人，故有可能和蕭七發展出男女愛悅關係，如是而已。

她以蕭七「未過門的妻子」自居，但即使按照她自己的說法，也不過是十一歲那年，她穿了件大紅衣裳去找蕭七，蕭七說她像個新娘子，並戲言要她嫁給他。她回憶道：他們曾以落在地上的樹枝為香，交拜天地，她問「你什麼時候娶我進門？」蕭七答「等我們長大之後」。如此的兒時尋常戲言，她卻當作終身盟約，蕭七必須遵守，若與其他女子有情，便是負心背約，其他女子若對蕭七有情，她便必須加以獵殺，以防範於未然。如此令人毛骨悚然的思想與決志，即是這一連串恐怖命案的起因與動機！

因嫉妒、偏執而心理扭曲，因心理扭曲而做出駭人聽聞的恐怖行為，在經典武俠小說中也非罕見。金庸的《天龍八部》中馬夫人康敏自負美貌，只因在洛陽花會中未受到喬峰的注意，即心懷怨毒，竟設計讓喬峰在丐幫無可容身，更誤導喬峰將段正淳列為深仇大敵，以致害死了喬峰至愛的阿朱。古龍的《絕代雙驕》中移花宮主邀月只因所愛的男人江楓愛上宮中侍女花月奴，相偕逃出，便施毒手讓江楓與花月奴橫屍荒野，更要讓他們的兒子永世為仇，互相殘殺！而男人因求愛不遂、嫉妒偏執，而心理變態到可鄙可憎的地步，以致做出匪夷所思、詫異莫明的殘殺行為者，亦是所在多有，《絕代雙驕》中十二星相首腦魏無牙因單戀邀月不遂而展示的種種殘酷行徑，便是古龍信手拈來的案例。

所以，各式各樣人為製造的驚悚場景、詭秘氛圍、恐怖現象，固然都是聳動讀者聽聞、吸引讀者關注的小說「看點」，而古龍創意、黃鷹執筆的「驚魂六記」系列在展示這些「看點」上，自有迥異於一般武俠小說的生動刺激之處。但真正令人回味無窮的卻是：像《羅剎女》這般，只因一個早熟的十一歲女孩在與鄰家小男孩玩耍時的戲言，即發展為成年後心理偏執、扭曲、變態的根由，以致釀成了既詭異莫明，又牽連廣遠的巨禍，畢竟還是對人性內涵一次深刻的挖掘。

什麼是「發自心靈深處的恐怖」？本書中，美女杜飛飛的心理與行徑便是！

一 紅粉劫

黃昏。

煙外斜陽，柳內長堤。

一騎在煙柳中漫步長堤上。

青驄白馬紫絲韁。

馬上人亦是一身白衣，腰懸三尺七色明珠寶劍，年輕而英俊。

將落的斜陽在他的身上抹了一層金輝，輕柔的春風，吹飄著他的頭巾，鬢髮衣裳，柳煙彷彿如雲霧；驟看下，人宛若天外飄來，此際又似要隨風歸去。

也許就只有天人才有一張他這樣英俊的臉龐。

◇◇◇

長堤下泊著一葉輕舟，一個老漁翁正與女兒在整理魚網，聽得馬蹄聲，不覺就抬頭望去。

老漁翁精神矍鑠，他那個女兒看樣子才不過十七八歲，面貌頗娟好，襯著一襲藕色衣裳，更顯得風姿綽約。

一望之下，兩人齊都一怔。

老漁翁面露驚訝之色，他那個女兒那剎那卻竟似癡了。

白衣人亦察覺這父女兩人的存在，目光一垂，露齒一笑。

這一笑，比春風更輕柔，既親切，又和藹。

煙柳蔥蘢，春色已濃如酒。

白衣人這一笑卻比酒還濃，那個少女一時間心神俱醉。

老漁翁也有微醉之感，目光已矇矓起來，由心驚嘆了一聲。

——怎麼人間有這樣英俊、這樣迷人的男兒？

這個年紀的男人，對白衣人這一笑也竟然有這種感覺，年輕的少女又焉能不為這一笑迷惑？

◇

白衣人一笑便自抬頭，金鞭一落，胯下青驄馬腳步一快。

那個少女目送白衣人遠去，一動也都不動，眼瞳中有一絲惆悵，也有一絲淒涼，忽然流下了兩行珠淚。

老漁翁一直沒有留意，這時候倏的留意，驚訝的問道：「金娃，怎樣了？」

少女彷彿沒有聽到，仍然癡望著白衣人的去向。

老漁翁看見她全無反應，振吭再呼道：「金娃！」

金娃渾身一震，幾乎栽翻舟外。

老漁翁慌忙一把扶住。

金娃如夢初覺，道：「爹，是你在叫我？」

老漁翁道：「當然是我。」

「什麼事？」

「我正要問你什麼事？」

金娃愕然道：「沒事啊！」

老漁翁道：「那麼你為什麼流淚？」

金娃「嘎」一聲，伸手往眼睛揩去。

淚珠已被風吹落，觸手冰涼，她又是一怔，臉頰連隨就一紅。

看樣子，她完全不知道自己在流淚。

老漁翁眼裡分明，也覺得奇怪，但旋即若有所悟，笑問道：「是不是因為方才走馬經過那位公子？」

金娃的臉頰更紅，忙不迭的搖頭道：「怎會呢！」

老漁翁道：「那是為什麼？」

金娃茫然搖頭道：「我也不知道。」

這是事實。

老漁翁轉問她道：「你認識那位公子嗎？」

金娃搖頭道：「不認識。」

她接隨反問老漁翁：「爹呢？」

老漁翁笑笑點頭。

金娃追問道：「他是誰？」

老漁翁笑問道：「你問來幹什麼？」

金娃撒嬌道：「爹，你說嘛。」

老漁翁點頭笑道：「他就是爹以前跟你說過的……」

金娃脫口道：「是不是蕭公子？」

老漁翁點頭道：「除了蕭七，還有誰能夠只一笑就令我的金娃失魂落魄？」

金娃嘟嘴道：「誰失魂落魄了？」

老漁翁笑道：「還不承認啊，方才若不是爹一把扶住你，現在我看得要用魚網將你從水裡撈上來。」

金娃跺足道：「爹，你再這樣取笑我，看我以後還替不替你買酒？」

老漁翁卻說道：「爹說的可都是老實話。」

金娃的臉頰忽然又一紅，道：「這位蕭公子長得好俊呀。」

老漁翁道：「否則又怎會被稱為天下第一美男子？」

金娃道：「爹……」

只說了一個字便又住口。

老漁翁道：「你還想知道他什麼？」

金娃反問道：「爹還知道他什麼？」

老漁翁搖頭道：「你爹不過是一個捕魚的，連這次算在內，也只是見過他兩次，我又怎能知道他多少？」

金娃道：「怎麼不向其他人打聽打聽呢？」

老漁翁笑道：「又不是要跟他論婚嫁，打聽來幹什麼？」

金娃垂下頭去，若有所思。

老漁翁看著她，道：「妳又在想什麼？」

金娃半晌才抬起頭來，吶吶地問道：「爹，你看蕭公子是不是喜歡我？」

老漁翁一呆，問道：「你覺得他喜歡你？」

金娃道：「他方才不是在對我笑？」

這句話出口，她的臉頰已紅如晚霞。

老漁翁又是一呆，笑道：「若說這就是喜歡，那麼他現在的妻妾即使沒有一萬，九千九大概少不了的。」

金娃道：「蕭公子很喜歡笑？」

老漁翁道：「以爹所知，這個人雖然本領高強，家裡又富有，可是性情和藹，毫無架子，平素總是笑臉迎人，很少厲言惡色以對。」

金娃心頭一陣失望，道：「真的？」

老漁翁道：「很多人都是這樣說，我相信錯不了。」

金娃黯然無語。

老漁翁看在眼內，嘆了一口氣，道：「就算他真的是有些喜歡你，我們也高攀不起。」

金娃道：「嗯。」

老漁翁接道：「爹雖然年幼時跟村中的先生念過些書，所以也教你認得幾個字，但我們到底是窮苦的捕魚人家。」

金娃道：「女兒也知道。」

「你知道就好了。」老漁翁目光一轉，「再說嘛，他若是真的喜歡你，最低限度，也該暫留片刻，一問妳的姓名。」

金娃一聲嘆息！

老漁翁一正面容，接道：「也幸好如此，否則可夠爹擔心的。」

金娃嘆息地道：「我們是配不起人家嘛。」

老漁翁道：「這是一個原因。」

「還有什麼原因？」

「這個人聽說風流得很，到處留情，每一年都有不少人或為妻子，或為女兒，或為姊妹來找他算賬。」

「我看他不像這種人。」金娃面露懷疑之色。

老漁翁笑道：「你才見過他一面，就這樣肯定？」

金娃紅著臉，道：「實在不像啊。」

老漁翁也不分辯，笑道：「像也好，不像也好，與我們都無關，管他呢？」低頭繼續去整理魚網。

金娃仍然望著長堤那邊，倏的又問道：「不知蕭公子哪兒去了？」

老漁翁漫應道：「大概回家。」

「他家在哪兒？」

「聽說就在樂平縣。」

「爹，什麼時候我們也去樂平縣走走？」金娃這句話出口，臉頰又紅了。

老漁翁霍地抬頭，笑笑道：「怎麼？還不死心？」

金娃輕咬著嘴唇，不作聲。

老漁翁笑接道：「樂平縣我們不去了，但這樣好不好，以後每天這時候我們就將船泊在這兒，他若是一個有心人，一定會再到這兒來尋你。」

金娃既喜還羞，道：「一定？」

老漁翁點頭，道：「不過也有一個期限。」

「多久？」

「三個月。」

「才九十天嘛。」

「應該足夠了。」老漁翁又垂下頭。

也不過片刻，金娃突然叫起來：「爹，你看！」

「不成這麼快就回頭了？」老漁翁嘟喃著將頭抬起來。

他並沒有看見白馬金鞭的蕭七，金娃也不是望著蕭七離開的方向。

她杏眼圓睜，瞬也不瞬的望著上面的柳堤。

一團濃重的煙正在柳堤上面瀰漫開來。

斜陽未下，那團白煙在斜陽光影中，翻翻滾滾，就像是一個不停在變動的水母，又像是火爐上一鍋正在沸騰的米粥。

斜陽如血，殘霞如血。

那團翻滾的白煙也彷佛有血光在閃動，詭異之極。

附近的幾株柳樹已經消失在白煙中，也不知只是被白煙掩蓋還是被白煙吞噬，不存在人間。

白煙逐漸竟是向小舟這邊接近。

老漁翁越看越奇怪，道：「哪兒來的這股白煙？」

金娃搖頭道：「不知道，我本來看著那邊，突然好像聽到有什麼聲響，轉眼一望，這股白煙就出現了。」

老漁翁說道：「莫不是什麼地方失火了？」

金娃道：「這附近有什麼東西可燒的呢？」

老漁翁點頭道：「不錯，那股煙也不是這樣。」

一股難言的恐懼突然襲上金娃的心頭，衝口道：「爹，我害怕。」

老漁翁笑道：「不過是一團白煙，有什麼可怕？」

他口裡儘管這樣說，心中其實也有些害怕。

打魚的人家本來就是比較純樸，他活到現在，事實也從來沒有見過這種事情。

也就在這個時候，那團白煙中突然響起了一陣怪笑。

那陣怪笑聲並不響亮，但聽來卻又非常清楚。

彷彿從天而降，又彷彿在地底湧上來，再一聽，竟又似從水中發出。

說怪這笑聲也實在怪得很，簡直就不像由人口中發出來。

最低限度，老漁翁有生以來就從未聽過這樣怪的笑聲。

他不由自主站起身子，金娃也幾乎同時站起身子，那個身子已開始顫抖起來。

怪笑聲連綿不絕，越來越低沉，越來越森冷，越來越恐怖。

老漁翁那片刻自然而然的生出了好幾個恐怖念頭，終於忍不住失聲問道：「是……是誰在……笑？」

他的語聲不住在顫抖，已有些不像他的語聲。

翻滾的白煙應聲「突突」的亂飛，彷彿有什麼東西還在其中掙扎欲出。

老漁翁由心寒了出來。

金娃越看越害怕，失聲道：「爹，我們快離開這裡。」

老漁翁一言驚醒夢中人，慌忙俯身拿起船頭上插著的那支竹竿。

小舟卻是繫在堤邊的一株樹上，金娃雖然想立即走過去將繩子解開來，可是一雙腳不知何時竟已軟了，完全就不由自己。

也就在這個時候，那團白煙中倏的湧出了一樣東西來。

老漁翁父女一眼瞥見，不約而同的一聲驚呼！

都是一個字。

「鬼！」

◇

「鬼」到底是什麼樣子？沒有人可以肯定。

甚至「鬼」是否存在，也沒有人敢斷言。

千百年來，話說見過鬼的人雖然不少，真正見過鬼的人卻怕並不多。

甚至可能一個都沒有。

且故妄聽之。

但人各其詞，文人畫家的筆下，也各呈其異。

不過一個沒有肉，沒有血，只有一種骷髏，卻又能夠活動的東西，除了「鬼」之外，只怕沒有第二個更適當的稱呼了。

出現在老漁翁父女眼前的，正是一個那樣的骷髏。

那骷髏散發著一個慘白色，令人心悸的光芒，裹在一塊黑色的頭巾之中！

骷髏的下面是一襲黑色的長衫，胸襟敞開處，隱約露出了一條條慘白色的骨骼，擁著白煙，正向老漁翁父女飄過去。

骷髏的牙齒緊閉，那種恐怖的笑聲分明就是在這個骷髏頭內發出來。

老漁翁父女所有的動作那剎那完全停頓。

恐怖的笑聲即時一斂，一個語聲緊接從骷髏內傳出來，道：「我王已決定下嫁蕭七，有命令下來，人間女子若有對蕭七妄生愛念，一律勾其魂，奪其魄！」

那語聲詭異之極，森冷之極，恐怖之極！

這完全不像人聲，絲毫也不像。

最低限度，老漁翁父女就從來都沒有聽過這樣的人聲。

他們只聽得毛骨悚然，半晌老漁翁才明白那番說話的意思，變色道：「你到底是什麼人？」

「什麼人都不是。」

「真……真的是鬼？」

「人間如此稱呼的。」

「你來幹什麼？」

「話已經說在前頭。」

「你……你……」老漁翁面色一變再變，顫抖著一連說了兩個「你」字，仍然接不上話去。

骷髏這時候又已飄近了點，黑黝黝的兩個眼窟內閃爍著慘綠色的燐光，彷彿在瞅著金娃，忽然道：「金娃，你可知罪？」

金娃渾身一震，顫聲道：「你……你怎麼知道我的名字？」

「地獄冤差，勾魂使者，豈有不知的事！」

「我沒有犯罪。」

「你沒有聽清楚，覬覦蕭七，妄生愛念，罪大之極。」

金娃道：「我……」

老漁翁截口分辯道：「她只是隨便說說，並沒有那意思。」

骷髏卻問金娃：「金娃，你是否很喜歡蕭七？」

金娃竟不由自主點頭。

老漁翁急忙擋在金娃面前。

骷髏即時道：「金娃，隨我來！」

語聲更陰森，更冰冷，彷彿在呼喚金娃的魂魄。

金娃驚惶之極，失聲的叫道：「我不去！」

「豈由你不來。」骷髏又發出那種恐怖的笑聲，擁著白煙繼續飄前。

那團白煙距離小舟已經不過咫尺。

老漁翁那剎那也不知哪兒來的勇氣，猛舉起竹竿，迎頭向那個骷髏擊去！

那個骷髏似乎冷不防老漁翁有此一著，竟然沒有閃避。

莫非他無所不知，只不過信口胡謅，抑或他知道那支竹竿根本不能將他如何？

「卜」一聲，那支竹竿正擊在骷髏之上，那個骷髏立時爆開，粉屑也似飛揚開去！

那個骷髏頭竟就像白粉捏成的一樣。

黑頭巾迅速萎縮。

粉白煙白，飛揚的粉末剎那消失在煙中。

怪笑聲立止，一聲狼嗥般恐怖已極的怪叫聲旋即在白煙中響起來。

那團白煙也同時暴盛，迅速將那只小舟吞噬！

白煙中響起了金娃的慘叫聲，老漁翁的驚呼聲！

也只是剎那，所有的聲音完全消失，天地間完全靜寂下來。

前所未有的靜寂，死亡一樣的靜寂。

連風都靜止。

煙仍然在翻滾，無聲的在翻滾。

夕陽已西下。

殘霞如血，江水如血。

整條柳堤一如浴在血中。

鮮血。

◇

西下夕陽上月。

未到十五，已將十五。

月已圓。

月色蒼白，柳堤蒼白。

有霧。

霧未濃。

那股妖異白煙卻已經完全消散。小舟仍繫在那株柳樹下，老漁翁父女仍在舟中，都是仰臥著，閉上眼，一動都不動。那支竹竿也仍然握在老漁翁的手裡，莫非就是他竹竿一擊，觸怒了那個勾魂使者，非獨勾去了金娃的魂魄，連他的也一併奪去了？

夜風吹拂，夜霧淒迷。

水蕩漾，舟搖曳，發出了一陣陣輕微的「依呀」聲響。

「依呀」聲響中，那個老漁翁竟然悠悠醒轉，他睜開眼睛，眼珠子一轉，記憶彷彿就突然恢復過來，一骨碌爬起身子，目光就落在金娃面上。

金娃並沒有醒轉，仍然直臥在那兒，一雙眼睛緊閉，面上毫無血色白紙也似。

老漁翁呆了好一會才蹲下身子，伸手探向金娃的鼻子。

他的手顫抖得很厲害。

一觸之下，他就像給毒蛇在手背上咬了一口，猛可一縮。

觸手冰冷，金娃的鼻尖就像冰雪般，一些反應也都沒有。

老漁翁隨即第二次伸手摸去。

那隻手顫抖得更厲害，這一次他沒有再縮手。

金娃的氣息已經斷絕。

老漁翁的眼淚突然直流，雙手猛地將金娃的屍體抱起來，發狂的搖撼，撕心裂肺的呼叫：「金娃──金娃──」

沒有回答，沒有反應。

老漁翁聲嘶力竭，跪倒在舟上，不住的叩頭。

他早年喪妻，就只有金娃一個女兒相依為命，但現在他唯一的這個女兒竟因為喜歡蕭七，被地獄鬼差勾魂奪魄，你叫他如何不傷心？又如何甘心？

頭已破裂，血在奔流。

老漁翁血淚哀求，咽喉已嘶啞。

沒有理會。

奪魄勾魄的那個骷髏，那個地獄鬼差已回返幽冥，柳堤上也沒有人。

一個也沒有。

◇◇◇

夕陽未下。

蕭七人仍在柳堤上。

同樣是柳堤，離開老漁翁父女卻已有數百丈，在他的心中，也已沒有老漁翁父女的存在。

他的笑，並不是只向金娃，也向那個老漁翁，只為了表示他的好感，絕無絲毫的愛意。

對任何人他都有好感，只有一種例外。

惡人。

他雖然不認識老漁翁父女，也沒有一雙只一瞥就能夠分清楚善惡的眼睛，但是他相信，那樣的一個漁家，應該不會是惡人。

寂靜的柳堤上，難得遇上一個人，莫說是一笑，即使是打一個招呼，問一聲安好也是很平常的事情。

況且他本來就是一個和藹可親，平易近人的人。

他卻是怎也想不到那一笑竟然引起金娃的誤會，更想不到那一笑竟然使金娃魄散魂飛。

地獄的使者也沒有在他的眼前出現過，地獄中的女閻羅也沒有給他任何通知。

到現在為止，他仍然不知道地獄中的女閻羅已決定下嫁他，而且嚴禁人間的女孩子對他生出愛念。

若是他知道，他一定不肯對金娃笑。

無論如何，他到底是一個善良的人。

二 斷腸劍

這條柳堤蕭七並不是第一次走過。

他知道這條柳堤雖然長，但入夜之前，以他現在的速度，必可以走完，但這條柳堤給人的卻是無盡的感覺，夕陽又已將西下，所以他不由自主打快了馬。

他一直沒有回頭。

即使他現在回頭，也看不到數百丈那麼遠，看不到那邊發生的怪事。

前面不遠的柳堤下也泊著一葉輕舟，一個頭戴著竹笠，赤裸著上身的漢子正在拔起船頭上插著的竹竿，另一個也是頭戴竹笠，卻身穿灰衣的漢子正涉水走向堤下一株柳樹。

那葉輕舟就是用繩子繫在那株柳樹之上。

灰衣漢子正就是走過去解開那一條繩子。

他們雖然聽到蹄聲，只見微微抬頭一瞥，就繼續做他們的事情。

對於這個美男子，他們似乎並不感興趣。

蕭七也只是瞟了這兩個人一眼。

繩子解開的時候，蕭七正從小舟上經過。

灰衣漢子解繩的動作卻於剎那間突然停頓，棄繩，縱身，飛鶴般凌空一拔二丈，半空中右手一翻，一支軟劍從袖中飛出，颼的捲向蕭七的頭顱。

幾乎同時，赤膊漢子亦從舟上拔起身子，手中竹竿的前端錚的彈出一支長逾一尺的槍尖，竹竿立時變長槍，嗤的疾向蕭七的腰間刺去。

才刺到一半，那支長槍倏的猛一彈，一刺變成了六刺，本來只刺蕭七的腰間，這剎那竟變了連刺蕭七的肩、脅、腰、腿、膝、脛六個地方。

劍狠毒！槍凌厲！

迅速而突然，若換是別人，不難就死在這一槍一劍的暗襲之下。

可惜他們暗算的是蕭七！

蕭七的確一直都沒有留意這兩人，但這兩人才一動，他立即就察覺。

「誰？」

叱喝聲出口，蕭七頎長的身子就離鞍飛起來，凌空一個風車大翻身，落在旁邊一株柳樹上。

劍從他的腳下捲空，長槍「哧哧哧哧哧」刺空了五刺，最後一刺「奪」的刺在馬腹上。

一刺即出，血激濺，那匹馬痛極悲嘶，四蹄暴撒，狂奔了出去。

才奔出幾丈，那匹馬就倒了下來，傷口周圍的肌肉這片刻竟已變成紫黑色。

流出來的血也都變成了紫黑色。

槍尖上有毒。

蕭七看在眼內，面色一變，又一聲叱喝：「誰？」

那兩個漢子身形已落在柳堤上，一左一右，應聲手一挑，他頭上戴著的竹笠「呼呼」的飛了起來。

竹笠下是兩張中年人的臉龐，容貌相似，年紀也顯然差不多，好像就是兄弟。

事實就是兄弟。

這兄弟倆也就是江湖中人聞名色變的「中州雙煞」！

一個叫萬安，一個叫萬吉。

惹上他們兄弟兩人的卻是大大不妙。

因為這兄弟兩人心既狠，手更辣，而且瑕疵必報，不致對方於死絕不會罷休。

萬安長於槍，槍尖上淬毒，萬吉精於劍，劍鋒上一樣淬毒。

劇毒！絕毒！

◇◇◇◇

竹笠飛開，夕陽就斜照在萬安、萬吉兄弟的臉龐上。

醜惡的臉龐，狠毒的表情，披上金黃的陽光，有如兩頭凶猛的獅虎。

蕭七目光一閃，冷笑道：「原來中州雙煞！」

萬吉軟劍迎風一抖，道：「正是我們兄弟。」

蕭七道：「想不到。」

萬安道：「你當然想不到我們兄弟竟然會找到這裡。」

蕭七道：「我只是想不到堂堂中州雙煞竟然會雙雙埋伏暗算，若不是兩位竹笠取下，露出本來面目，我還以為是兩個小賊。」

萬安臉龐一沉，道：「對付你這種不擇手段之徒本就該不擇手段！」

蕭七道：「我如何不擇手段？」

萬安道：「你自己清楚！」

蕭七道：「兩位說話最好放明白！」

萬吉冷笑道：「丁香這個女人你大概還沒有忘記吧？」

蕭七恍然道：「敢情兩位就為了丁香那件事情到來找我？」

萬安道：「一些也不錯。」

萬吉道：「幸好你這位蕭公子還沒有忘記。」

萬安接問道：「丁香是何人，蕭公子相信也一樣並沒有忘掉。」

蕭七道：「嗯。」

萬吉道：「誘拐別人的妻子，這筆賬，你說應該怎樣算？」

蕭七卻問道：「丁香是誰的妻子？」

萬吉道：「蕭公子到底還是一個健忘之人。」

蕭七再問道：「是誰的？」

萬吉道：「是我的。」

蕭七道：「健忘的並不是蕭某人，是你萬老二。」

萬吉道：「哦？」

蕭七道：「蕭某人清楚記得，丁香乃是范小山的妻子。」

萬吉悶哼了一聲說道：「這是兩年之前的事情。」

蕭七道：「之後呢？」

萬安道：「丁香就改嫁給我二弟。」

蕭七道：「范小山卻說，是你那位二弟見色起心，將丁香強搶了去。」

萬安回答道：「片面之詞，又何足為據？」

蕭七淡然道：「范小山一介文弱書生，就是膽子怎樣大，也不敢犯到中州雙煞頭上，在動手之前，我也曾問過附近好些人，異口同聲，都是那樣說。」

萬吉冷笑道：「所以你就替范小山出頭，到我們萬家莊將丁香搶回去是不是？是不是？」

蕭七直認不諱道：「是！」

萬吉道：「你好大的膽子！」

蕭七道：「過獎。」

萬安插口道：「怪不得有句話說——色膽包天！」

蕭七眨眨眼睛，道：「哦？」

萬安道：「你這位蕭公子是怎樣的一個人，有誰不知道？」

萬吉接道：「話說到底，還不是瞧上了丁香。」

蕭七說道：「兩位大概還未知道范小山……」

萬吉截口道：「難道是你的朋友？」

蕭七道：「朋友的朋友。」

萬吉道：「朋友妻，不可欺。」

蕭七道：「這個還用說？」

萬吉道：「朋友的朋友，也一樣？」

「也一樣。」

萬吉大笑，轉顧萬安道：「大哥可曾見過魚到嘴也不咬一口的貓兒？」

萬安搖頭道：「不曾。」

「丁香好歹也已經做了我的妻子兩年了。」

「若有人奪你妻子，淫你妻，你又將怎樣？」

「是可忍也，孰不可忍！」

蕭七冷冷插口道：「這句話應該由范小山來說。」

萬吉道：「丁香隨我離開他之際，我卻是沒有聽到他這樣說。」

蕭七道：「一個文弱書生給刀架在脖子上，又哪裡還敢說話？」

萬吉道：「怎樣也好，我萬吉總算有個交代。」

蕭七道：「我找到去的時候，兩位卻恰巧都不在家。」

萬吉冷笑道：「真是巧得很。」

蕭七道：「不過我已經給兩位的管家交代過了。」

萬吉道：「而且還打斷了他的兩條肋骨。」

蕭七道：「這個我倒沒有數。」

萬吉道：「你沒有我有。」

他冷笑接道：「聽說你當時還說了很多難聽的話。」

蕭七道：「有沒有，相信也沒有什麼分別。」

萬吉冷笑。

萬安亦自冷笑一聲，道：「你那次來得倒也是時候！」

蕭七道：「事情有時就是那麼巧。」

萬安道：「話到現在已經說得夠清楚的了。」

蕭七道：「說得卻不是時候。」

萬安道：「哦？」

「這些話應該在你們方才動手之前就說清楚。」

「若是連那一劍七槍你也躲不開，根本就沒有資格跟我們說話。」

蕭七冷笑。

萬安霍地一捋手中長槍，喝道：「拔劍！」

蕭七的右手緩緩移向腰間那支明珠寶劍。

萬吉即時一聲暴喝：「且慢！」

萬安道：「二弟你還有什麼事情？」

萬吉卻瞪著蕭七問道：「姓蕭的，你將丁香藏在哪裡？」

蕭七聽到萬吉這樣問，才放下心來。

他實在有些擔心，丁香、范小山已經被這兄弟二人找到。

以這兄弟二人的心狠手辣，若是給他們找到，范小山非獨必死無疑，而且一定會死得很慘。

江湖中傳言，這萬氏兄弟曾經抓住了一個仇敵，殺了四天仍未將那個仇敵殺死，到第五天中午時分，那個仇敵才在他們兄弟面前咽下最後的一口氣。

當時他已經完全不像一個人，身上已沒有一分完整的肌膚。

這個傳言也許只有一半是事實，甚至只有十分之一。

無論是一半抑或十分之一，可以肯定，那個人都絕不會死得舒服到哪裡。

范小山畢竟是蕭七的朋友的朋友。

對於任何人，他都不忍他們有那種遭遇。

萬吉見蕭七不答，怒喝道：「說！」

蕭七這才說道：「我沒有將丁香藏起來。」

萬吉道：「丁香現在人在何處，你果真完全不知道？」

蕭七淡笑道：「我將丁香交給范小山，事情在我便已了結，范小山將她帶到哪裡，是范小山的事情，與我又何干，為什麼我要過問？」

萬吉怒道：「姓蕭的，你決定不說？」

蕭七索性閉上嘴巴。

萬吉還待說什麼，旁邊萬安已揮手阻止，道：「二弟，你問他幹什麼，殺了他，我們有的是時間，花些錢，多教幾個人到處打聽，何愁不能夠將范小山、丁香兩人找出來？」

萬吉一想也是，連聲道：「不錯，不錯！」

蕭七即時道：「一言驚醒夢中人。」

萬吉一反眼，道：「這句話是什麼意思？」

蕭七道：「就是若非萬老大那番話，蕭某人真還不知道范小山那件事其實並沒有解決，要徹底解決只有一個辦法。」

萬安替他接下去：「先解決我們。」

他再捋手中長槍，喝道：「下來！」

語聲未落，他身形已動，蹴地小縱，手中竹竿同時向那株樹上的蕭七刺去！

槍尖冷然閃起了一道慘綠的光芒，急勁如強弩。

幸好蕭七已經領教過這兩人的手段，一直就在小心著他們。

槍尖未刺到，他人已從那株樹上拔起來，飛鳥般斜掠向旁邊另一株樹上！

萬安長槍追擊，「咻咻咻」，凌空一連十三刺！

十三刺盡皆落空！

蕭七眨眼間身形已落在那株柳樹的梢頭，一條人影即將鬼魅般從那株柳樹下飛射上來，手中劍如毒蛇般刺向蕭七的下盤！

萬吉！一劍三式，一式三劍，萬吉一刺就是九劍！

這九劍只要有一劍刺破蕭七的肌膚，蕭七一條命只怕便會丟掉一半。

整支劍都已淬上劇毒！

蕭七已看在眼內，身形才落又飛起！

萬安那支長槍的第十四刺同時刺至！

蕭七那一動，卻正好將萬吉、萬安的攻勢都完全避開！

他人在半空，右手猛一翻，「嗆啷」的一聲，腰間那支明珠寶劍終於飛虹般出鞘！

三尺三寸長的劍，秋水般晶瑩，毫無疑問是一支好劍。

人劍齊飛，凌空落下！

萬安眼中分明，身形一落一欺，長槍一沉，「哧哧哧」又三刺！

蕭七腳尖方沾地，長槍已刺至，那剎那之間，他的身子突然猛一旋，閃兩槍，劍一翻，將第三槍擋開去。

劍擋在槍桿之上，「錚」的發出了一下金屬交擊聲響。

萬安那支長槍的槍桿看似竹製，事實上是鐵打的。

他三槍刺空，槍勢就一頓一收，萬吉即時從旁邊那株樹後閃出，軟劍斜捲蕭七頭顱。

蕭七身一偏，劍一引，「叮」一聲，將軟劍接下，冷笑道：「中州雙煞的聲名，敢情就是偷襲得來的？」

萬吉道：「是又如何？」軟劍「嗡」的彈開，「嗤嗤嗤」三劍疾刺！

萬安一聲喝叱，長槍配合軟劍攻勢，飛刺蕭七必救之處！

蕭七身形暴退！

槍劍追擊！

蕭七一退再退，道：「看來兩位果真是不殺我不肯罷休！」

萬吉厲聲道：「江湖上現在已人盡皆知你蕭七強闖萬家，奪去我萬吉的妻子，我萬吉若不殺了你，以後如何在江湖上立足？」

說話間，萬吉已連刺二十七劍！

蕭七一一地封住，叫道：「不錯！不錯！」

萬安接口道：「萬吉的事也就是我萬安的事！」長槍十三刺！

蕭七道：「當然當然！」身形連閃！

萬安十三槍一一刺空，槍勢竟未絕，「哈」一聲，第十四槍閃電般刺出！

這一槍勁道之強，勢力之急，角度之刁，遠在方才那十三槍之上！

蕭七卻一閃避開，劍一落，便待貼著槍桿削上去，可是萬吉的軟劍這剎那已向咽喉飛來！

以咽喉換一隻手，這種虧本生意，蕭七當然不肯做。

他也只有一條命。

劍光一入目，他人已偏身斜退三尺！

萬吉軟劍飛灑，緊追蕭七，一劍十七式，寒光亂閃，暴雨般打下！

萬安「哈哈」叱喝連聲，一刺十三槍，無一槍刺的不是要害！

這兄弟二人顯然聯手已慣，一槍一劍配合得正恰到好處！

好一個蕭七，身形飛舞在槍劍之間，竟然仍是那麼瀟灑從容！

可是在這一槍一劍的夾攻下，儘管他身形仍然從容，一支劍亦無法如意施展得開來。

◇

夕陽西下。

殘霞如血，江水如血。

蕭七連接萬吉一劍十三式，萬安一刺十三槍，頎長的身子突然飛鶴般沖天拔起來！

一拔三丈！

萬吉、萬安一聲怒叱，身形亦自拔了起來！

槍疾刺！

劍「嘩啦啦」一響，突然斷成七截！

每一截斷劍之間赫然都相連著半尺長短的一條鐵鍊，三尺長劍立時變成了長逾六尺的鍊子劍，飛纏向蕭七的雙腳！

「錚」一聲，鍊子劍纏個正著，卻是纏在蕭七的劍上！

蕭七拔身半空，原是要擺脫萬家兄弟的夾攻，再行反擊。

槍劍的追擊乃是在他的意料之中，萬吉那一劍的變化卻是在他的意料之外！

可是他耳目的銳利，反應的靈敏，身手的迅速，卻也是一般人所不能及。

那剎那之間，他雙腳猛一縮，手中劍閃電般一落，斜點在萬吉那支鍊子劍的第二節之上！

鍊子劍立時翻捲，捲住了蕭七那支劍的劍鋒，鍊子劍的劍尖那一翻之間，已然在蕭七的靴底劃了一道口子，卻傷不到他的皮肉！

他雙腳一縮之際，身形亦同時一側，正好將萬安那一槍避開。

槍從他在肩上刺過，他左手猛一翻，一拍槍桿，身形急瀉而下！

他的劍仍纏在鍊子劍之中，倉猝間要抽劍固然是不易，但萬吉要以劍傷他也一樣不能！

劍纏在一起，萬吉的身形自然也被牽動，速向下沉！

萬吉一聲喝叱，半空中出左拳，擊向蕭七的咽喉！

蕭七左手一圈，及時一掌拍開了萬吉的左拳！

萬吉連隨抬右膝，撞向蕭七的小腹！

蕭七的左膝同時一抬。

兩膝相撞，「叭」一聲，兩人身形一分，已然著地。

蕭七腕一翻，劍立即抽出，萬吉也不慢，「嘩啦啦」一響，鍊子劍迴還飛斬！

蕭七身形急退，一退七尺，後背就撞在一株柳樹的樹幹之上！

萬吉把握機會，鍊子劍「嘩啦啦」攔腰疾掃！

幾乎同時，蕭七雙腳突然一滑，身子貼著樹幹滑下，整個後背剎那幾乎都貼在地面上！

這個人的反應實在敏銳，應變實在迅速！

萬吉那支鍊子劍也就在那剎那貼胸掠過，正掃在那株樹上！

「刷」的一聲，那一株柳樹在劍光中折為兩斷！

一道劍光同時從地面飛起，飛向萬吉的腰腹！

蕭七貼地滾身，斷腸一劍終於出手！

萬安身形亦已落地，那邊一眼瞥見，失聲驚呼：「二弟小心！」身形凌空，人槍化成一道飛虹急激射出！

驚呼聲方出口，萬吉已經腸斷！

蕭七斷腸一劍從萬吉左腰刺入，右腰刺出，幾乎將萬吉攔腰斬成了兩截！腰未斷，腸已斷！

萬吉撕心裂肺的一聲慘叫，人與劍，劍與樹，齊倒在地上！

鮮血飛激，與晚霞相輝映！

蕭七劍斬萬吉，人已從地上彈起來，劍一引，再迎上萬安凌空刺來一槍，「叮」一觸槍尖，「四兩撥千斤」，就將萬安閃電奔雷也似的一槍卸開！

萬安看見萬吉倒下，目眥迸裂，嘶聲怒吼，長槍一吞一吐，瞬息三變，一變七槍，三變二十一槍，槍槍飛刺蕭七咽喉！

蕭七連接二十一槍，已被迫退半丈！

萬安槍勢再變，「呼」地頭頂之上一掄，「橫掃千匹馬」，攔腰疾掃向蕭七！勢不可當！

蕭七急退！

萬安緊追上前，長槍飛旋，接連三槍，都是一式「橫掃千匹馬」！

蕭七一退再退，人已被迫出柳堤之外，他身形輕捷如飛燕，堤邊腳一點，倒飛兩丈，橫越過水面，竟落在萬家兄弟泊在堤下那葉小舟上！

繫在柳樹上的繩纜已解開，小舟已被江水湧出了丈外。

蕭七身形倒飛落下，小舟竟只是輕微弱一晃。

這個人的輕功毫無疑問並不在劍術之下。

萬安眼裡分明，一聲：「哪裡走！」人槍亦從柳堤上射出，一槍閃電般凌空刺向小舟上的蕭七！

槍尖「嘶」的刺裂了空氣！

蕭七幾乎同時從小舟上拔起身，人劍弩箭般射向萬安！

劍在人前，流星般閃亮而輝煌！

萬安半空中槍勢一連七變，蕭七劍勢也七變，再一變，人劍從槍下射進！

萬安眼看一連七劍都落空，第七槍甚至從蕭七的頭上刺空，心頭不由得大駭！

他的第八槍方待刺出，已瞥見蕭七人劍從槍下箭矢般射來，一聲驚呼，身形急偏！

蕭七的劍勢竟然還有一變！

驚呼剎那變成了慘呼！

蕭七從萬安身旁射過，劍從萬安小腹刺入，右腰刺出！

一劍斷腸！

萬安慘呼道：「好，斷腸劍——」鮮血飛激之中，連人帶槍「噗通」直墮入水裡！

一圈血暈立時在水中散開！蕭七已落在柳堤之上，劍低垂，劍尖在滴血。

血滴在地上，濺開了一朵朵血花。蕭七目光一落，劍一挑，猛一抖。

「嗡」一聲餘血盡飛，劍鋒在風中龍吟。

蕭七也嘆息在風中。

三　青龍十一刀

又是黃昏。

夕陽邊，雲淡淡，小橋外，柳絲絲。

蕭七緩步從柳林中走過。

走向那邊小橋。

晚風吹起了他的衣袂，也吹給他柳花的芬芳。

他嗅著這柳花的芬芳，精神更清爽，走出了柳林，一點醉意也都已沒有。

他已經醉了差不多一天。

每當殺人後，他總是習慣躲起來醉一醉，以酒洗去心中的殺氣，洗去所吸入的血腥味。

那條柳堤的盡頭有一間小小的酒家，他就買醉在那間酒家之內。

只是醉，並未倒。

他帶著七分醉意在那間酒家之內畫了一幅畫，做了一首詩。

畫畫的就是那條柳堤上的風光，詩吟的也是。

詩寫在畫上。

他文武雙全，詩書畫方面的成就雖然比不上他的武功，但兩河名士，比得上他的，卻也沒有多少個。

很奇怪，他作畫寫詩，大都在殺人之後。

也許他亦是藉之消除心中殘餘的殺氣血腥味。

幸好他喝酒作畫寫詩的時候並不多。

他不喜歡殺人，一點也不喜歡，可是面對惡人，路見不平的時候，心中的殺氣卻立即火燄般飛揚，手中劍不動則已，一動必殺人！

絕不留情！

因為他練的根本就是殺人的劍術，無情的劍術！

傳他的劍術的也並不是別人，就是無情子。

「中原第一劍」無情子！

無情子縱橫江湖數十年，斬惡除奸，心狠手辣，一支無情劍，七七四十九式斷腸劍法，據說未逢敵手。

無情劍現在掛在蕭七腰間，至於七七四十九式斷腸劍法，蕭七也已盡得無情子真傳。

無情子在蕭七出道之後，亦已退出江湖。

他一生之中，就只有蕭七這個徒弟！

這個徒弟總算還沒有令他失望。

蕭七青出於藍勝於藍，無情劍下誅殺的無不是奸惡之徒。

所以很多人都說，蕭七是一個俠客。

每聽到這種話，蕭七都只是淡然一笑。

他並沒有立心做一個俠客，他所以路見不平，除強扶弱，只不過因為他覺得自己應該那樣做。

也許他雖無意做一個俠客，體內流的卻是俠義之血。

小橋流水。

一個人鐵塔也似立在小橋上。

這個人六十左右年紀，豹頭環眼，燕頷虎鬚，跨一把長刀，一身錦衣夕陽下閃閃生輝。

晚風吹起了他的衣袂，橋下流水有他的倒影。

夕陽將下，天地蒼茫，一股難言的豪邁之氣，獵獵衣袂飛舞響聲中，從這個人的身上散發出來了。

他瞪著蕭七走近。

蕭七並沒有發覺這個人的存在，頭低垂，也不知在思索著什麼。

他一步踏上橋頭，才有所感覺，猛抬頭，目光落在那個錦衣人的面上，一落一怔，腳步一頓，失聲道：「董千戶！」

錦衣人環眼一翻，叱喝道：「大膽蕭七，竟敢直呼我名字！」

霹靂也似的叱喝聲，震人心弦。

蕭七又是一怔，隨即抱拳道：「董老前輩！」

董千戶咧開嘴大笑，道：「這還差不多。」

「奔雷刀」董千戶二十年前便已經名震江湖，刀出如奔雷，性情也是霹靂一樣，當真是人快刀快。

他名字本來並非叫做千戶，千戶這個名字是別人替他改的，也名符其實。

對於這個名字他一些意見也沒有，欣然接受。

因為無論如何，這比他本來的名字好得多了。

他也是樂平縣的人，退出江湖之後，也就在樂平縣住下，一直沒有離開。

所以蕭七對於這個人並不陌生。

可是這個人這個時候出現在這裡，卻仍是不免有些兒奇怪。

他奇怪問道：「這麼巧？」

董千戶搖頭道：「一些也不巧。」

蕭七愕然道：「老前輩莫非是有意在這裡等我？」

董千戶道：「不錯！」

蕭七道：「哦？」

董千戶道：「前天我已經接到消息，知道你回來。」

蕭七道：「好快的消息。」

董千戶道：「一接到消息，我就準備起程去找你，誰知事情那麼巧，不遲不早來了幾個老朋友！」

他一捋頷下長鬚，道：「幾年不見，難免喝上幾杯，該死的酒，竟然醉了我整整一天！」

蕭七笑笑道：「老前輩喝的只怕不是幾杯。」

董千戶哈哈大笑道：「這個當然，莫說幾杯，就算幾壺，也未必醉倒我。」

蕭七道：「良友相逢，把酒聚舊，未嘗不是一件開心的事情，一個人開心之下，自然就會多喝幾杯。」

董千戶道：「不錯不錯！」

蕭七道：「反正我是回家去，老前輩來不來找我其實都一樣。」

董千戶道：「我卻等不及了。」

蕭七聽得奇怪，正想追問，董千戶的話已接上：「我今天早上才動身，估計你應該來到這附近的，所以起程之前，先教了幾個奴才趕來將你留住，就是你半途改變主意，溜到別處去，也可以有一個消息，那曉得我人來到，奴才們一個個回報，都說到處不見。」

蕭七又待開口，可是董千戶的話又搶先接上：「我只道你聞風先遁，獨自到處找了一趟，來到這橋上，一口氣無處發洩，正準備將這條橋踏斷，誰知道你小子就從那邊走過來。」

蕭七道：「幸好我及時出現，否則教老前輩你連人帶橋墮進水裡，如何過意得去？」

董千戶一笑，連隨又板起臉孔，道：「你小子整整一天到底哪裡去了？」

蕭七直言道：「躲在一家酒家內喝酒去了。」

董千戶目光一落。

蕭七衣衫上酒痕斑駁。

目光一落一抬，董千戶就想起了一件事，道：「你莫非又殺人了？」

蕭七笑笑道：「老前輩還記得我這個習慣。」

董千戶道：「你這個習慣不好。」

蕭七點頭，道：「的確不好。」

董千戶目光一閃，道：「今天有消息傳來，中州雙煞伏屍在那邊柳堤之上，齊皆腸斷，莫非就是你小子下的手？」

蕭七沒有否認，道：「正是！」

董千戶放聲大笑，道：「殺得好！」

蕭七道：「哦？」

董千戶道：「這萬家兄弟無惡不作，若非這幾年我骨頭懶得可以，不想外出，若是他們就住在樂平縣的附近，我早已拿刀去砍掉他們的腦袋！」

蕭七道：「晚輩代勞也一樣。」

董千戶道：「這兄弟二人武功聽說也有幾下子，而且詭計百出。」

蕭七道：「這是事實。」

董千戶笑道：「好小子，有你的！」

蕭七道：「若換上前輩出馬，勢必一刀一個，殺得更爽快！」

董千戶一笑罵道：「小子你少拍我馬屁！」

蕭七道：「前輩一把奔雷刀，江湖中人豈非早就已聞風喪膽！」

董千戶大笑道：「那是陳年舊事，現在寶刀老矣，英雄老矣。」

他話說得似乎很謙虛，其實一些也不謙虛。

因為他的心中，人仍是英雄，刀乃是寶刀。

這個人年紀雖然一大把，豪邁還是不減當年，也仍喜歡被人捧承。

蕭七正想趁他高興，問他此來何事，但又給董千戶搶在前頭。

董千戶笑問道：「中州雙煞為什麼要找你拚命？」
蕭七道：「因為我曾經強闖萬家，打傷了他們好幾個人！」
董千戶又問道：「還有呢？」
蕭七道：「搶走了萬老二的老婆。」
董千戶笑容一斂，板起臉孔道：「你小子當真色膽包天！」
蕭七嘆息一下道：「晚輩可是替朋友搶的！」
董千戶道：「助紂為虐，更是罪加一等！」
蕭七道：「萬吉那個老婆卻是搶自我那個朋友。」
董千戶道：「大膽萬吉，心目中難道沒有王法？」
蕭七道：「他們根本就不知道王法為何物。」
董千戶道：「這麼說，你倒是做了一件好事哪。」
蕭七道：「即使不太好，也不會是太壞的事。」
董千戶道：「中州雙煞，本就死不足惜。」
蕭七道：「有前輩這句話，晚輩就安心了。」

董千戶道：「你什麼時候變得這樣多禮？」

蕭七道：「對於前輩俠客，晚輩一直是深心尊敬的。」

董千戶悶哼道：「我還以為你心目中沒有我這個老東西。」

蕭七道：「豈敢豈敢。」

董千戶道：「諒你也不敢！」

蕭七忙問道：「未悉前輩這一次找我何事？」

董千戶道：「要人！」

蕭七一呆，道：「誰？」

董千戶道：「就是湘雲那個丫頭！」

蕭七又是一呆，問道：「湘雲她怎麼了？」

董千戶道：「難道你沒有見過她？」

「沒有。」

「當真？」

「絕無虛言。」

董千戶皺眉道：「湘雲這個丫頭到底哪裡去了？」

蕭七道：「這到底是怎麼一回事？」

董千戶回問道：「你什麼時候離開樂平縣的？」

「半年之前！」

「你離開樂平縣之後三日，湘雲就叫我讓她出去跟你闖闖。」

「有這種事情？」

「難道我還會騙你不成？」

「那麼前輩可有答應？」

「當然沒有，十七八歲的女孩子，武功又未練好，學人闖什麼江湖。」

「湘雲不成竟偷偷溜了出去？」

「正是！」

「什麼時候的事情？」

「在我拒絕她的第二天。」

「有沒有留字……」

「有，就是說去找你！」

蕭七感覺腦袋已漲大一半，道：「我卻是一直沒有見過她。」

董千戶嘟噥道：「我早就告訴她說，小子你像百足蟲一樣多爪，別說你已離開三天，就是只一天，要找你也不容易。」

蕭七摸著腦袋道：「我這次出門，本來就是打算到處走走，難得在一個地方留兩天。」

董千戶道：「這就難怪那個丫頭找不到你，這是她第一次離開家，無一處地方不陌生，自然推測不到你的行止，也不懂抄捷徑。」

蕭七道：「前輩意思是，她一直追在我後面？」

董千戶道：「希望如此。」

蕭七道：「嗯。」

董千戶目露憂慮之色，道：「但江湖險惡，就是半途出亂子，也不是沒有可能的。」

蕭七道：「湘雲妹子不是命薄之相，一定不會出事的，老前輩不必擔心。」

他口裡雖然這樣說了，其實內心也擔心得很。

江湖上如何險惡，他是知道的。

畢竟他也闖蕩過江湖。

董千戶更是老江湖，也聽得出蕭七在安慰自己，環眼一瞪，道：「你什麼時候學會了看相？」

蕭七苦笑道：「湘雲妹子到底如何，相信很快就會有一個端倪。」

董千戶道：「哦？」

蕭七道：「她若是追在我後面，我既已回來，一兩天之內，相信她也會回來的。」

董千戶道：「否則如何？」

蕭七嘆息道：「晚輩再出外一趟，無論如何將她找回來。」

董千戶道：「話出你口。」

「一言既出——」

「駟馬難追！」

「當然！」

「好！」董千戶把鬚一捋。「今天老夫就放你一馬。」

聽口氣，他竟是準備打架來的。

蕭七吁了一口氣，一顆心卻未放下。

董千戶也未放下，嘆息道：「早知道如此，我就索性與她走一趟。」

蕭七道：「嗯。」

董千戶嘆息接道：「我只得這一個女兒，若是她有什麼不測，那在九泉下，教我如何對她的母親？」

蕭七道：「這十天八天便有分曉，半年都等了，前輩也何妨再等十天八天？」

董千戶道：「這半年以來我倒也不大擔心。」

蕭七道：「哦？」

董千戶道：「因為我一直以為她已經找到了你。」

蕭七道：「晚輩著實毫不知情！」

董千戶環眼一瞪，突然道：「若是她有什麼閃失，我惟你是問。」

蕭七一個頭立時大了兩倍。

他只有嘆了一口氣。

董千戶面容突然又一寬，道：「說句老實話，你看我這個女兒怎樣？」

蕭七道：「很好。」

董千戶道：「那是說，你很喜歡她？」

蕭七道：「我……」

董千戶道：「湘雲回來之後，我就將她嫁給你好不好？」

蕭七急忙道：「前輩……」

董千戶截口道：「我跟你父親馬馬虎虎也算是朋友，他在生的時候，也是很喜歡湘雲的，你們兩個娃娃平日不是也很談攏得來？」

「前輩……」

「男大當婚，女大當嫁，沒有什麼好怕的。」他連隨轉過話題，道：「中州雙煞我早就想砍掉他們的腦袋了，你替我將他們殺掉，大快我心，來！我請你到那邊酒家喝幾杯！」

蕭七搖手道：「晚輩的酒意還未全消，再喝就會醉得一塌糊塗。」

董千戶笑道：「醉就醉，難道你怕中州雙煞死而復生，來找你麻煩？」

蕭七搖頭。

董千戶接道：「走！」

蕭七苦笑道：「晚輩最多只能奉陪三杯。」

董千戶哈哈笑道：「有酒須盡歡，三杯兩杯，有什麼樂趣。」

「晚輩……」

「老夫現在雖然還未成為你的岳父，馬馬虎虎也是你的長輩，長者之言，豈可不從？」

這句話說完，董千戶就大踏步前行。

蕭七苦笑舉步。

也只有苦笑。

又是黃昏。

蝶困梨花月，馬嘶楊柳春。

歸路黃昏。

夕陽這邊方下，月亮那邊已然升起。

今天已經是十五。

十五月圓。

殘霞未散，夜色未臨，淡月無光，淡如梨花。

樂平縣城的城牆已在望。

董千戶飛馬從梨花樹下奔過，反手拗下了一支梨花，打在馬臀上。

馬痛悲嘶，四蹄狂灑。

梨花亦盡散，只剩下一條樹枝。

董千戶目光一落，大笑將樹枝拋下。

這個人毫無疑問不是一個惜花人。

蕭七緊隨在董千戶之後，經過梨花樹下並沒有攀折一枝梨花。

過了梨花，奔入柳林，卻拗下一枝楊柳，也反打在馬臀上。

馬負痛發力狂奔，迅速又追近了董千戶。

在他們的身後，怒喝連聲，馬蹄雷鳴，九匹馬箭矢般追來！

九匹馬，卻有十一人。其中四人乃是同騎在兩匹健馬之上。

這十一人並不是無名之輩，乃是毒龍寨的十一個寨主。

毒龍十一刀！

◇

蕭七實在只想奉陪三杯。

可惜他奉陪的不是一般人，乃是董千戶！

三杯之後，董千戶三再勸酒，見蕭七仍不喝，就將刀拔出來。

蕭七並不想跟董千戶打架，所以他只有喝酒。

幸好董千戶只要他喝酒就成，並沒有要他一杯換一杯，雖然是這樣，董千戶醉倒的時候，他也已有了七分醉意。

董千戶醉了幾乎十二個時辰，蕭七當然不會就這樣將這位長輩拋下，而且他走起路來，也已經搖搖擺擺。

所以他只有留下。

這一次他沒有再寫詩，再作畫。

他只是睡覺。

到他醒來仍然有三分醉意，但是到董千戶醒來，他已經一分醉意也沒有。

他沒有，董千戶有。

兩人吃過一些東西，正準備起程，毒龍十一刀就來了。

他們是進來喝酒的。

看見他們的坐騎，董千戶忽然生出了一個念頭，要買兩匹馬代步。

他看中了那一批馬的其中兩匹，而且出了一個合理的價錢。

可惜毒龍十一刀並不是馬販子。

他們也不想賣掉坐騎，一匹也不想。

因為他們根本就不等錢來用。

即使等，他們也不用賣馬。

毒龍寨是個強盜窩，十一刀是十一個強盜。

真真正正的強盜。

他們不肯賣，董千戶卻一定要買，拋下錢，招呼蕭七一聲，騎上馬就走。

長者之命，豈可不從。

所以蕭七慌忙也上馬，緊追在董千戶的後面。

他雖然不認識毒龍十一刀，但也看得出，眼前這十一個人不是普通人。

也知道董千戶闖出了大禍。

果然不出他所料。

是可忍，孰不可忍？

◇

董千戶仍然有三分醉意，一個身子在馬鞍之上搖搖擺擺。

蕭七緊追在後面，只看得心驚肉跳。

可是董千戶居然一直沒有栽下馬來，那匹馬在他的策騎下，卻橫衝直撞。

他現在走的不是大道。

乃是走在大道旁的柳林中。

他策馬如飛，左穿右插，居然沒有連人帶馬撞在柳樹。

這就連蕭七也有些佩服了。

◇

馬快如飛，從兩株柳樹中奔過。

兩株柳樹之後，還有一株柳樹。

那株柳樹距離不過一丈，正在兩樹之中。

董千戶大笑回頭。

笑聲方出口，馬已撞在正中那株柳樹之上。

「蓬」一聲，人仰馬翻，好一個董千戶，他竟能夠在那剎那之間離鞍飛起，掠上了旁邊一株柳樹上。

蕭七在後面忙將坐騎按住，道：「怎樣了？」

董千戶道：「還好還好。」

蕭七揑一把冷汗道：「沒有受傷？」

董千戶道：「沒有。」

蕭七道：「那麼你現在準備好你那把寶刀了。」

董千戶飄身躍下，一舒拳腳道：「我正有意思活動一下筋骨！」

話口未完，後面馬嘶聲亂響，七匹馬十一個人如飛奔至，繞著兩人疾馳了一圈，紛紛停下。

馬上連隨滾鞍躍下，十一個人前後左右將兩人圍在當中。

嗆啷聲接起，刀出鞘！

蕭七目光一掃，苦笑道：「你現在就是不想活動一下筋骨也不成。」

董千戶雙手捧頭搖一搖，大笑道：「幸好我的腦袋現在雖還未完全清醒，也只不過有些微疼痛。」

一個冰冷的聲音即時劃空傳來，道：「要不要我們來替你治一治？」

說話的是一個顴骨高聳，臉頰如削的中年人。

也正是毒龍寨的瓢把子。

董千戶應聲望去，笑問道：「你們懂得治頭痛？」

「多大的頭痛我們都懂得治，而且保證藥到病除永不會復發！」

「到底什麼藥，這樣靈？」

「刀！」

「刀也能夠治頭痛？」

「一刀砍下你的頭顱，看你以後還痛不痛。」

「原來是這樣治。」

「正是這樣！」

「這個藥方不好，你們有沒有第二種比這更好的藥方？」

「只此一種。」

「那麼我情願由得這個頭痛下去，不治了。」

「不治也不成！」

語聲陡落，柳林中閃起了一片刀光。

蕭七嘆了一口氣，從馬上躍下。

董千戶即時瞪著他，道：「看來你一會又要喝酒了。」

蕭七只有嘆氣。

董千戶目光一轉，道：「用刀的大夫，先報上名來！」

「毒龍寨！毒龍十一刀！」

董千戶一怔，倏的大笑了起來。

即時一聲叱喝道：「老匹夫，你笑個什麼？」

董千戶一搓雙手，大笑道：「我方在擔心你們都是好人，施展不開手腳，打得不夠痛快！」

「現在你可以放開手腳了。」

「聽說你們日前方在樂平縣附近，洗劫了張大戶的莊院，殺了張大戶一家六十四口！」

「不錯！」

毒龍十一刀，面上皆露得色。

蕭七插口問道：「老前輩，這可是事實？」

董千戶瞪眼道：「我的話你也不相信了？」

蕭七笑笑道：「果真如此，我也替你放心了。」

董千戶大笑道：「我早就瞧出他們不是好東西。」

毒龍寨的瓢把子冷笑道：「你這老匹夫強搶別人坐騎，難道就是好東西了？」

董千戶笑道：「這馬可是我用錢買來的。」

「誰希罕你的錢。」

董千戶大笑道：「敢情你們根本就不知道我是何人？」

「你是何人？」

「果然不知道，難怪你們來到樂平縣，連我都不劫，竟去劫張大戶了。」董千戶大笑不絕。

瓢把子皺眉道：「此言何意？」

董千戶挺胸突肚，道：「張大戶話雖是大戶，到底就只得一戶，我卻有千戶之多！」

瓢把子面色一變，道：「閣下莫非就是董千戶？」

「正是！」

「奔雷刀董千戶？」

「樂平縣只有一個董千戶！」

毒龍十一刀面色亦皆微變，瓢把子上下打量了董千戶一眼，道：「老前輩何不早一些說。」

「老匹夫怎麼變成老前輩了？」

瓢把子面色一沉。

董千戶接著問道：「早一些說又如何了？」

瓢把子道：「老前輩開到口，咱們兄弟那兩匹馬便送與老前輩又有何妨。」

董千戶道：「這又算作什麼？」

瓢把子道：「一點心意。」

「敢情你們還將我董某人放在眼內。」董千戶道。

「到底是前輩。」

董千戶板起臉孔，道：「我若是有你們這種後輩，早就拿刀子抹頸去了。」

瓢把子面色又是一沉。

董千戶轉問道：「聽說官府已懸紅白銀五百兩賞給知道你們下落的人。」

瓢把子沉聲道：「老前輩莫非要通風報訊？」

董千戶道：「五百兩白銀還不在我的眼中，不過連通風報訊都有五百兩白銀，將你們十一個人頭送到衙門去，就算沒有五萬兩，五千兩一定少不了的了。」

瓢把子語聲更沉，道：「老前輩家財千萬，又怎會在乎區區五千兩？」

「話不是這樣說。」

「哦？」

「五千兩已可以買很多東西，也足以使我發生興趣。」

瓢把子面寒如水。

董千戶笑顧蕭七，道：「錢到底是沒有人嫌多的，你說是不是？」

蕭七道：「這話你不該說出來的。」

了。」

董千戶道：「哦？」

蕭七道：「我本來並不怎樣在乎那五千兩白銀，但現在聽你一說，卻想分你一半了。」

董千戶瞪眼大笑，道：「好小子，竟然打起老夫的主意來了。」

兩人你一言，我一語，根本就不將毒龍十一刀放在眼內。

毒龍十一刀盡皆怒形於色。

瓢把子目光落在蕭七面上，道：「這一位又是高姓大名？」

董千戶接道：「連他你們也不認識？」

瓢把子上上下下的打量了蕭七好幾遍：「莫不是斷腸劍蕭七？」

董千戶大笑道：「除了蕭七，樂平縣一帶還有誰這樣英俊？這樣瀟灑？」

毒龍十一刀心頭又是一凜。

董千戶即時仰天望了一眼，笑顧蕭七道：「天色已不早，要賺錢就趕快了！」

這句話說完，他人已箭矢一樣射出，刀同時出鞘！

三尺七寸的長刀，閃亮奪目！

刀光一閃，血光崩珠！

一匹馬的前蹄應刀光中斷了！

馬悲嘶，人驚呼，飛身急從馬鞍上躍下！

董千戶身形飛舞，長刀飛舞，眨眼間，又是四匹馬的前蹄被他斬下！

驚呼四起！

瓢把子那邊瞥見，又驚又怒，大吼道：「殺！」

語聲未落，身旁已響起一聲慘叫，毒龍一刀慘叫中從馬上倒下，咽喉鮮血箭也似射出，一支劍正從他咽喉拔出來！

蕭七的明珠寶劍！

他不殺馬，卻殺人，凌空一劍，閃電般刺入那毒龍的咽喉！

一刺即出，他身形一旋，長劍一翻，又從另一個人的頸旁刺入！

劍拔血濺，蕭七身形落地！

瓢把子即時拍馬舞刀，疾衝了過去！

刀斬下，蕭七身形一閃讓開，凌空一飛，人劍射向旁邊的一匹馬！

那匹馬之上騎著兩個人，一見蕭七射來，齊齊離鞍飛起，雙刀急劈！

蕭七劍一震，「叮叮」將兩刀敲開，斜從一人的左脅削入！

那個人狂吼一聲，濺血墜落地上！

另一人亦落地，才落地，蕭七的劍已削入他的腰間！

一劍斷腸！

瓢把子目眥欲裂，一聲暴喝，離鞍從馬上飛撲蕭七，凌空一斬就是九刀。

蕭七退步三步，擋九刀！

瓢把子刀勢未絕，又九刀！

蕭七再接九刀，人已在柳林外。

柳林外不知何時馳來了一輛馬車。

雙馬大馬車！

四　羅剎鬼女

車馬如飛，從蕭七身旁駛過，一團東西突然從車廂內衝出，疾撲向蕭七後背！飄把子的刀同時斬至！

好蕭七，他應變的迅速實在非同小可，倒踩七星步，讓前刀，翻手一劍，刺向後來那個人的腰部！

那剎那之間，他的眼角已瞥見一截腰，一支鋒利的長劍！

他倒踩七星步，已同時讓開那一劍刺來的部位，翻手一劍，正刺向那人必救之處！

那個人竟然不單止不自救，甚至順勢一劍刺來！

又是什麼劍法？

難道竟然就存心死在蕭七的劍下？

抑或以為這一劍必殺蕭七？

動念未已，劍已從蕭七的右肩頭上刺過，蕭七的劍同時削入了那個人腰間！

一劍斷腸！

「吱」一聲異響，那個人的身形剎那間停頓，蕭七的劍勢亦停頓！

他的這一劍，竟然削不斷那個人的腰腹！

那個人握手的劍此時正擱在蕭七的右肩上。

冰冷的右手。

蕭七的右肩，立時感覺到那股冰冷。

人的手怎會這樣？

「吱」的那一聲也不像劍削入人體的聲音！

蕭七不由自主的打了一個寒噤，不由自主的回頭望一望！

一望之下，毛骨悚然！

從他後面撲來的竟然不是一個人！是鬼！

一個青面獠牙的羅剎鬼女！

那個羅剎鬼女面龐青綠，渾身上下的肌肉亦盡是青綠，四隻獠牙卻白森森的，就像是四支小小的、鋒利的彎刀。

眼睛則鮮血如血，尖而長，斜斜的延伸至兩邊太陽穴，沒有眼瞳，就像是兩個血洞，恐怖而妖異。

她的容貌雖然是如此猙獰，體態卻迷人之極。

豐滿的乳房，纖細的腰肢，微隆的小腹，渾圓的大腿，袒露無遺，一絲不掛！

她的左手曲指如鉤，斜貼著心胸往外登，似在保護自己的心房，又像要抓向別人的心窩，將別人那顆心抓出來，放進自己的嘴巴。

劍握在她的右手，三尺三寸長的劍，鋒利！閃亮！

劍毫無疑問，是真正的劍。

◇◇◇

蕭七卻忽然有一種這樣的感覺。

——那個人既不是真正的人，也不是真正的鬼。

——只是一個瓷像！

——但誰有這種本領，製造出這樣的一個栩栩如生的瓷像？

——這莫非真的是一個鬼，被自己一劍斷腸，硬化成這樣？

——鬼難道仍有生命，仍有腸可斷？

——那輛馬車又難道來自幽冥？

——這個羅剎鬼女又為何從後偷襲？

蕭七思潮起伏，目光再轉。

馬車已消失在那邊路口，只有轔轔車聲遙遙傳來！

◇◇◇

毒龍十一刀的瓢把子也瞪著那個羅剎鬼女發愣，他同樣想不到從馬車撲落，對蕭七突施暗襲的竟然是一個羅剎鬼女！

他卻沒有蕭七想得那麼多，眨眼間已回復自我，見蕭七轉目他顧，心頭大喜！機不可失！

瓢把子一聲不發，一刀疾劈了過去！

這一刀眼看就要砍下蕭七的頭顱，誰知道蕭七及時半身一偏，這一刀就斬空！

瓢把子刀勢未絕，猛一翻，連斬十一刀！

蕭七明珠寶劍陷入那個羅剎女鬼的腰腹，身形亦難免大有影響，鬆手，棄劍，斜踩七星步，連閃十一刀，閃電般搶入空門，雙拳直取瓢把子前胸！

瓢把子十一刀之後居然還有一刀，迎頭劈落！

蕭七雙拳亦未老，猛一縮一翻，拳化掌，「童子拜觀音」！猛一拍！

「叭」一聲，那把刀竟然被蕭七拍在雙掌中！

瓢把子大驚，一抽刀不動，右掌猛一震，「呼」一聲，那把刀就像是長了翅膀一樣脫手飛出，飛入半空！

蕭七身形連隨搶進，雙掌一落，插向瓢把子的左右雙脅！

瓢把子雙臂一翻，「大鵬展翼」，震開蕭七雙掌，左拳護胸，右拳「黑虎偷心」，疾擊蕭七胸膛！

蕭七冷笑一聲，左掌一架，右掌急落，電光火石之間，連環兩擊！

瓢把子一聲：「不好！」右拳不及收，左拳亦不及搶救，「格格」兩聲，一條右臂剎那變了三斷！

蕭七右手連隨又一翻一抄，正好抄住從半空跌下那把刀，一插，「奪」的插入瓢把子的小腹之內！

瓢把子一聲慘叫，倒退三步，倒仆在地上！

一條人影即時從柳林中竄出！

是毒龍十一刀的其中一刀，一眼瞥見他們瓢把子濺血倒地，立時從柳林竄出，蕭七冷然站立在前面，一聲驚呼，身子自然一縮，背後正撞在一株柳樹上！

一道刀光同時從柳林中飛出來！

霹靂一聲暴喝亦同時暴響：「斷！」

「刷」一聲，柳樹霹靂中兩斷，柳樹前那個人亦兩斷！

血飛濺！

刀光一斂，董千戶手握長刀，大踏步從柳林中走出來。

奔雷刀不愧是奔雷刀！

也就在這個時候，急激的馬蹄聲從來路劃空傳來！

董千戶腳步一頓，大笑道：「毒龍十一刀不止十一，還有個十二？」

話口未完，一騎已奔至，鞍上騎士遙遙大呼：「誰在殺人？」

董千戶聞聲一怔，道：「這個聲音好像在哪裡聽過？」

語聲甫落，來騎已經在他們面前停下，一個顴骨高聳，面孔黝黑的中年人翻身滾鞍躍下！

這個中年人一身捕頭裝束，腰插一對天門棍，一面倦意，但身子仍然標槍般挺得筆直。

董千戶目光一落，大笑道：「我以為是誰，原來是趙松你這個小子！」

那個趙松正是樂平縣的捕頭，這時候，亦已經看清楚了眼前之人，怔了一怔道：「是兩位！」

董千戶接問道：「你不在衙門內好好享福，走來這裡幹什麼？」

趙松不答，目光一掃，道：「你們在這裡殺人？」

董千戶道：「不錯！」

趙松目光又是一掃，道：「兩個？」

董千戶道：「十一個。」

趙松瞪眼道：「你們這種江湖人就是不將王法放在眼內！」

董千戶瞪了他一眼，道：「先看清楚我們殺的是什麼人再說。」

趙松幾步走到那個瓢把子的屍體旁邊，俯身將屍體翻過來，目光一落，失聲道：

「這不是毒龍十一刀的老大？」

董千戶道：「如假包換！」

趙松長身而起，道：「你們殺的難道就是毒龍十一刀？」

董千戶道：「一個不留。」

趙松一呆之後，倏的大笑道：「殺得好！」

董千戶一怔，道：「哦？」

趙松道：「張大戶那件事兩位大概已經知道了？」

董千戶道：「誰不知道。」

趙松道：「他們十一人入城之際，已被我認出，亦想到他們必有所謀，暗中派了八個手下左右監視，一面往見大人，請求立即調派軍兵協助！」

他一頓補充道：「因為他們根本就是官府通緝的強盜！」

董千戶道：「那麼說，你當時就可以對他們採取行動，拘捕他們的了？」

趙松道：「當時我身旁只得八個手下，而且他們又分散三撥，所以我最後決定先行監視，一待時機成熟就將他們十一人一網打盡！」

他語聲一沉，道：「誰知道他們一切已經準備妥當了，一會合立即發動，非獨張大戶一家六十四口，我那八個手下的七個亦因為上前欲阻止，被斬殺刀下！」

董千戶忽然道：「現在我有些佩服你了。」

趙松道：「哦？」

董千戶冷笑道：「出了那麼大的案子，你居然還能夠在這兒走馬遊玩。」

趙松沉聲道：「沒有這種事。」

董千戶道：「難道你是在追緝毒龍十一刀不成？」

趙松道：「我已經追蹤了他們兩天了。」

董千戶一怔道：「你只是一個人，竟就敢追緝他們十一人？」

趙松一正面容：「職責所在，死而後已！」

董千戶哈哈大笑，道：「好小子，我現在才真的佩服你！」

他大笑著過去一拍趙松的肩膀，道：「難怪你的名氣一天比一天大，難怪周圍數百里人異口同聲都說你是一個好捕頭。」

趙松給董千戶這一拍一讚，反而手足無措起來。

董千戶大笑接道：「我本來要拿這毒龍十一刀的頭顱到衙門撈上一把，瞧在你面上，賞金不要了，你就拿去安置你那七個手下的家屬，若還是不夠，多多少少儘管到我家裡拿。」

趙松欠身道：「多謝老前輩！」

董千戶回顧蕭七，道：「我這個決定你反對不反對？」

蕭七搖搖頭道：「晚輩也正是這個意思。」

董千戶放聲大笑，道：「老夫總算沒有看錯人。」

趙松接問道：「蕭兄是什麼時候回來的？怎麼未曾聽到消息？」

蕭七道：「我現在猶是歸家途中。」

趙松道：「這麼巧，剛碰上了董老前輩。」

蕭七苦笑道：「的確巧得很。」

趙松大笑道：「遇上你們，實該毒龍十一刀倒霉。」

他連隨問道：「是怎樣打起來的？」

蕭七道：「我們喝酒，強買了他們兩匹坐騎代步！」

「原來如此！」趙松目光一落，一呆：「倒在蕭兄身後的是什麼？」

他現在才看見那個羅刹鬼女。

董千戶也是這時候才發現，道：「是啊，那到底是什麼東西？」

蕭七苦笑道：「我也不清楚。」

董千戶道：「哦？」

蕭七偏身讓開。董千戶終於看清楚那個羅刹鬼女的面目！一怔脫口道：「鬼！」

趙松亦是失聲叫道：「是一個羅刹鬼女！」

兩人不約而同，一齊舉步上前。

◇◇◇

殘霞已散盡，夜色雖未臨，已不遠。

東邊那一輪圓月的輪廓下逐漸濃了起來。

暗淡的天色下，那個羅剎鬼女更覺詭異恐怖。三人先後在旁邊蹲下。

董千戶忍不住問道：「這到底怎麼一回事？」

蕭七道：「方才我被毒龍十一刀那個瓢把子亂刀迫出來林外之際，一輛馬車突然從身後駛過，這個羅剎鬼女就是從那輛馬車的車廂之內撲出來，一下子出劍刺向我背後！」

董千戶道：「卻給你避開而且反手一劍削入她的腰腹？」

蕭七道：「我因為倉猝間看不清楚是什麼人，原想劍削她必救要害，先將她迫開，哪知道她完全不閃避。」

董千戶道：「真是奇哉怪也！」

趙松即時落在羅剎鬼女的肩膀上，一摸一敲，道：「我相信並不是一個人。」

董千戶笑道：「人怎會這麼樣子？」

趙松接道：「相信也不是一個鬼。」

董千戶道：「那是什麼東西？」

趙松道：「以我看來，應該是一個瓷像。」

「哦？」董千戶不由亦伸手往上面一摸一敲，連隨道：「只怕就是了。」

趙松道：「可是瓷像又怎會從背後出劍刺蕭七呢？難道……」

董千戶急問道：「難道什麼？」

趙松道：「這個瓷像原是放在那輛車之上，駕車的看見有人從林中殺出來，一驚之下，驅急了馬，車廂一震，便將這個瓷像震跌出來，恰巧撞向蕭兄後背。」

蕭七點頭道：「也不無可能。」

趙松道：「卻是未免巧一些。」

蕭七微喟道：「事情有時就是這樣巧的了。」

董千戶繼續說道：「還有這個羅剎鬼女……」

趙松道：「又如何？」

董千戶道：「手工精細，栩栩如生，不像是出於一般匠人的手下。」

「不錯。」

「這樣的瓷像若然放在廟中，只怕連閻王老爺也動心，附近一帶的女人也一定會群起指責。」

趙松笑笑道：「相信還沒有人膽敢在廟宇內放置這樣的一個瓷像。」

董千戶道：「那麼這個瓷像的本身就已經成問題。」

趙松道：「然則那輛馬車也是有問題。」

董千戶頭腦看來已經完全清楚，轉向蕭七道：「你有沒有看到駕車的是怎樣一個人？」

蕭七沉吟道：「好像是一個頭戴竹笠的黑衣人。」

董千戶道：「你沒有看清楚？」

蕭七道：「我若是看清楚，一個腦袋只怕得搬家。」

董千戶懷疑的道：「以你眼睛的敏銳，就是多看他一眼，相信也沒有多大影響，不致於腦袋搬家這麼嚴重的吧？」

蕭七道：「那邊是西方。」

董千戶恍然道：「光線影響？」

蕭七頷首，目光落處，突然凝結。

他的目光正落在那個羅剎鬼女的腰腹間。劍仍嵌在那裡，羅剎鬼女的腰腹雖未斷，已被劍斬開了一條縫。

這條縫之中現在赫然有一些紅黑色的液體滲出來。

董千戶也發覺了，一怔道：「那又是什麼？」

趙松以指蘸了一些，移近鼻尖一嗅，皺眉道：「好像是血！」

董千戶一怔，脫口道：「是鬼血？」

「鬼血？」蕭七也自一怔。

天色這剎那彷彿突然一暗，一股難言的寒意同時襲上了三人的心頭。

鬼，難道也有血？

◇

夜終於降臨。

東方月更亮更圓！

風也逐漸的急了。

蕭七第一個從驚愕中回復自我，探懷取出一個火摺子，「刷」的在風中剔亮。

火光下，那個羅剎鬼女的面龐上出現了好些陰影。

風吹火光不定。

那些陰影也隨著火光的搖曳不停在變動，本來已經恐怖猙獰的羅剎鬼女更加猙獰恐怖。

一種難以言喻的陰森恐怖瀰漫著，三人不約而同的打了一個寒噤。

火光也照亮了那個羅剎鬼女的腰間，照亮了那些紅黑色的液體。

趙松看看那個羅剎鬼女的腰腹，又看看自己的手指，再一次將手指上蘸著的那些紅黑色的液體移近了鼻端嗅了嗅。

到他將手指移開，雙眉已緊鎖在一起，道：「這只怕真的是血。」

聽他的口氣，似乎仍然不敢太肯定。

是不是因為那是從羅剎鬼女的體內流出來的血？

蕭七旋即問道：「人血？」

趙松道：「嗯。」

董千戶接問道：「不是鬼血？」

趙松苦笑不語。

他有生以來從未見過真的鬼，至於鬼血更就不在話下。

董千戶濃眉一皺，又道：「鬼據說是人所化，即使有血亦不足為奇。」

蕭七、趙松都沒有作聲。

這個問題實在已超出他們的知識領域之外。

董千戶旋即大笑，道：「人化鬼，鬼變成這個瓷像一樣的東西，不知道這個東西又能夠變成什麼樣？」

蕭七笑笑，忽然道：「這個瓷像若不是鬼所化，內中的只怕就大有問題了。」

趙松聳然動容，連聲地道：「不錯不錯。」

董千戶接口道：「想清楚還不容易，將它敲開來就是了。」

他手中長刀仍未入鞘，這時候猛一翻，但待用刀背敲去。

「且慢！」趙松慌忙攔住。

董千戶道：「你莫非有什麼高見？」

趙松道：「這若是一個瓷像，要將它敲開可不簡單。」

「放屁！」董千戶冷笑道：「我一刀敲落，看它不馬上四分五裂！」

趙松連忙道：「前輩是誤會我的意思了。」

董千戶道：「你是什麼意思？」

趙松解釋道：「以前輩的功力要一刀將這個東西敲開來，當然是輕而易舉，但萬一裡面真的藏著什麼，一敲之下，也四分五裂，那如何是好？」

董千戶道：「這倒也是。」

他回問趙松：「那麼你認為應該怎樣做？」

趙松道：「對付瓷像這種東西，正所謂力輕敲它不碎，力重又怕它太碎，所以最好還是由陶匠來動手。」

董千戶想了想問道：「你是否陶匠出身？」

趙松搖頭。

蕭七接道：「我也不是。」

董千戶道：「這附近可都是荒郊？」

蕭七道：「即使不是，我們也不知道哪戶人家有陶匠。」

董千戶「嗯」的一聲，四顧一眼道：「這個時候哪兒去找一個陶匠來這裡？」

趙松道：「城中的陶匠卻是不少。」

董千戶道：「一去一回，如果騎馬，也要相當時間。」

趙松道：「我的意思是將這個羅剎鬼女帶回城中再處置。」

董千戶道：「也好，反正已經入夜，在這裡做什麼也不方便。」

趙松接道：「衙門中有一個仵工正是陶匠出身，根本就不用外出再找人。」

蕭七皺眉道：「趙兄想到用仵工，莫非是懷疑這羅剎鬼女之內，是藏了一具屍體？」

趙松道：「不瞞蕭兄，小弟正是有這種懷疑。」

蕭七點點頭，忽然機伶伶打了一個寒噤。

趙松那種懷疑，事實不無可能。

果真如此，這只怕就是一件可怕的殺人案子。

到底是不是？

◇

夜已深。

燈光通明。

一股難以言喻，令人嗅起來極不舒服的氣味蘊斥在空氣中！

這就是樂平縣城衙門之內的驗屍房。

門盡敞、窗大開。

清冷的夜風從外吹入，吹動了燈火，卻吹不散那股令人極不舒服的氣味。

那個羅剎鬼女就放在房中的那張桌上。

明亮的燈光照耀下，那個羅剎鬼女渾身上下閃起了一種令人看來心悸的碧綠色光澤。

四顆獠牙在燈光下更白，血紅的兩顆眼睛燈光下亦更紅。

紅得就像要淌血。

猙獰，詭異，恐怖！

仵工郭老爹瞪著那個羅剎鬼女，一雙手不由自主顫抖起來。

郭老爹其實還不怎樣老，才不過五十五。

他是陶匠出身，二十年前卻已經做仵工。

因為他覺得做仵工，最低限度比做陶匠舒服得多。

二十年經驗積聚，現在他已經成為這一行的老手，也是樂平縣城的仵工中最老資格的一個。

方才他已經驗過那個羅剎鬼女腰腹中滲出來的那種紅黑色的液體。

他肯定那是人血。

死人的瘀血。

人死既說就為鬼，那豈非就是鬼血！

鬼血！

蕭七由心寒出來，倒在他劍下的人雖然不少，鬼卻是只此一個。

即使是死人也是。

在此之前，他的劍從未刺進過死人體內。

他已經將劍從那個羅剎鬼女的腰腹內拔出，再將劍浸在一盤清水之中。

那盤清水放在他身旁的一張矮几上，劍現在仍浸在水裡。

看來是那麼詭異。

蕭七目光現在已經從劍上移開，落在郭老爹的那雙手之上。

董千戶、趙松的目光也沒有例外，他們都是站在桌子旁邊。

郭老爹亦已肯定那個羅剎鬼女是一個瓷像，鐵鎚鑿子亦已準備妥當。

鐵鎚在右手，鑿子在左手，郭老爹的一雙手終於穩定下來。

完全穩定！

「叮」一聲鐵鎚擊在鑿子上，「叮」一聲鑿子進入羅剎鬼女的體內。

蕭七三人的心臟應聲一跳。

也就在這剎那，又是一陣冷風透戶，燈火搖曳，羅剎鬼女猙獰的鬼面彷彿就起了變化。

鬼在劍下變成了瓷像，在鑿下又將變成什麼？

屍體！

瓷像在鑿下變成了屍體！

一具女人的屍體，藏在瓷像中！

蕭七不幸言中！

◇

雖然已丟下二十年，郭老爹並沒有忘記他做陶匠時學到的技巧！

那一鎚一鑿在他的雙手控制下，將屍體外面的瓷土鑿下來！

每一塊瓷土都有巴掌般大小，裂而不碎。

每一塊瓷土方落下，郭老爹面色不由就一變，脫口一聲驚呼：「屍體！」

果然是屍體！

◇

那具女人的屍體一絲不掛，與瓷土緊緊黏貼。

瓷土脫落，屍體的肌膚有不少亦剝落！

郭老爹屏息靜氣，盡量使一雙手保持穩定，盡量小心控制那一鑿一鎚。

豆大的汗珠從他的額頭滾滾落下。

他汗流披面，一身衣衫很快就已經被汗水濕透。

屍體的肌膚仍然剝落。

郭老爹心力交瘁，始終都不能夠制止屍體的肌膚剝落。

◇

瓷土終於盡去。

一具女人的屍體畢露眾人眼前。

那簡直就不像一個人的屍體。

肌膚大半都剝落，整具屍體看來，就像是一團肉漿。

有些地方甚至已現出白骨。

骨是白，肉似紅非紅，燈光下，呈現出一種難以言喻，恐怖詭異之極的色彩。

郭老爹做了仵工二十年，從未見過一具這樣的屍體，蕭七他們就更不用說。

一股似臭非臭，似腥非腥的氣味從屍體上散發出來，衝入了四人的鼻子，肺腑內。

一種噁心的感覺波浪般襲上他們的心頭。

他們居然都忍得住沒有嘔吐。

瞪著那具恐怖的屍體，四人一句話也都沒有，目光已凝結，猶如在夢中。

惡夢！

◇◇

也不知過了多久，四人才先後從那個惡夢中醒來。

趙松雙手握拳，既驚且怒。

毫無疑問這是一件殺人案子。

他做了捕頭這麼多年，還是第一次遇上這麼恐怖，這麼殘忍的殺人案子。

是誰下的手？

◇◇◇◇

董千戶一額冷汗，一手冷汗，胸膛不停的起伏。

蕭七是最鎮定的一個，可是一雙手仍捏了一把冷汗。

郭老爹的視線已經被汗水掩蓋，他卻似若無所覺。

第一個開口的卻是他：「我已經盡量小心的了。」

語聲不住的顫抖，完全就不像是他的聲音。

趙松聽得出郭老爹此言何意，也看得出郭老爹事實已經極盡心力，微喟道：「你毫無疑問，已經盡了最大的努力。」

郭老爹如釋重負，道：「謝頭兒。」

趙松道：「快將汗拭乾吧，莫都著涼了。」

郭老爹應聲舉袖擦汗。

趙松道：「以你看，怎會這樣子？」

郭老爹道：「屍體在塗上瓷土之後，勢必就立即放進窟內火燒，時間火候都掌握不好，所以屍體的肌膚大半都與瓷土緊黏在一起，也所以與瓷土一迸脫落。」

趙松又問道：「人死了大概多久？」

郭老爹道：「應該不會超過三天。」

趙松沉吟道：「這樣的兇殺案子倒是少有。」

郭老爹道：「前所未聞！」

趙松道：「兇手殺人之後，為了將屍體隱藏，就在屍體上塗上瓷土放在窯內燒成瓷像，又恐怕被人發覺，所以用馬車黃夜運走。」

郭老爹道：「這即使被人看見也只以為他搬上車的是一個瓷像，絕不會想到瓷像內竟藏著一個屍體！」

趙松道：「不錯，不錯！」

目光轉向蕭七，道：「若非那個車夫一驚，馬車一震，瓷像從車內跌出，若非你以為有人從後暗襲，刺出那一劍，殺人兇手這個毀屍滅跡的計劃一定會完全成功，這個死者也就必然沉冤九泉之下！」

蕭七沉吟不語。

趙松仰天打了一個哈哈，道：「天網恢恢，疏而不漏，冥冥中果然有安排，不由人算。」

董千戶在一旁亦自大笑道：「不錯不錯！」

蕭七只等他們笑語聲停下，突然開口道：「若是只為了毀屍滅跡，似乎這也用不著化這麼大的心機。」

趙松一怔道：「嗯？」

蕭七又說道：「還有死者手中的那支劍，是一支真正的劍，那樣的一個一絲不掛，赤裸裸的瓷像，再加上那支劍，又豈會不令人生疑？」

趙松不由點頭道：「這也是。」

蕭七道：「所以其中，只怕是另有蹊蹺。」

趙松沉默了下去。

董千戶插口道：「不過毫無疑問，殺人兇手必是一個陶匠，否則也造不出這樣一個瓷像。」

蕭七道：「從手工的精細看來，相信還是一個高手。」

郭老爹即時道：「這裡陶匠雖然不少，好像這樣的高手，我看還不過三人。」

趙松轉眼瞪著郭老爹，道：「你似乎心中有數。」

郭老爹點頭。

趙松追問道：「以你看，這到底出自何人之手？」

郭老爹一字字的道：「幽冥先生！」

董千戶一怔道：「城東郊的那個幽冥先生？」

郭老爹道：「董大爺認識這個人？」

董千戶搖頭道：「不認識，只是聽說過。」

蕭七接道：「我也聽說這個人。」

郭老爹轉問道：「頭兒……」

趙松道：「也只是聽說。」

他一頓接道：「聽說這個人乃本縣首屈一指的陶匠。」

郭老爹道：「這是事實。」

趙松道：「他造的瓷像聽說很少流傳在外。」

郭老爹點頭道：「因為他本身是一個有錢人，做瓷像在他來說只是一種興趣，沒有拿來賣錢的必要。」

趙松道：「聽說是這樣。」

郭老爹道：「他造的瓷像也別創一格，並不是以人做對象，造的盡是幽冥中的諸神，地獄中的群鬼。」

趙松道：「所以有幽冥先生之稱？」

郭老爹道：「正是！」

趙松摸摸下巴，道：「看來我們得拜訪一下這位幽冥先生的了。」

董千戶急問道：「何時？」

趙松道：「現在已將近拂曉，就拂曉去好了。」

董千戶道：「也好。」

趙松道：「兩位也去？」

董千戶道：「非去不可。」

蕭七亦道：「我也想去看看這個幽冥先生到底是怎樣的一個人。」

趙松道：「有兩位從旁協助，事情相信更容易解決。」

董千戶立時挺胸突肚的道：「這個還用說？」

蕭七不由一笑。

趙松亦笑道：「如此兩位就暫且休息片刻，我先去吩咐手下兩件事情。」

董千戶道：「哪兩件事情？」

趙松道：「一是清理毒龍十一刀的屍體，二是到處去打聽一下，有哪一戶人家不見了妻子或女兒！」

董千戶道：「我認為第二件比第一件更要緊。」

趙松道：「不錯，我們必須弄清楚這個女死者的身分。」

屍體面龐的肌膚亦沒有例外，大半隨著瓷土脫落，破爛不堪，根本無法分辨得出原來這是怎麼樣子的。

蕭七聽說目光不由又落在屍體的面龐之上。

目光從上往下移，一轉道：「這個女死者應該還很年輕。」

趙松頷首道：「嗯。」

蕭七道：「若是年輕而美麗，相信必然很容易打聽出來。」

趙松又頷首。

年輕而美麗的女孩子必定特別惹人注目，無論她什麼身分，一失蹤，想必很多人都會知道。

也就在這個時候，郭老爹放下鎚鑿，拿起了屍體的右手。

那隻右手的手腕戴著一隻手鐲，郭老爹的另一隻手正是捏在那隻手鐲之上。

青綠色的手鐲，看來也是瓷土所造。

蕭七一眼瞥見，道：「老爹將這隻手鐲也鑿開來看看。」

郭老爹道：「老朽正有此意。」

趙松腳步已舉起，聽說又放下，道：「這隻手鐲倘若也只是在外面塗上一層瓷土，並不是完全瓷土所做，也許就會是一條線索。」

郭老爹道：「嗯。」遂拿起了一把刀子，在手鐲上緩緩的刮起來。

所有的目光立時間都集中在那隻手鐲上。

五　白玉手鐲

鋒利的刀，穩定的手。

刀刮處，吱吱的作響。

這種聲響就像一群老鼠在爭噬著一具死屍的骨頭。

刺耳恐怖。

趙松剛平服下來的毛管不覺又倒豎起來，董千戶環眼圓睜，一瞬也都不瞬。蕭七亦目不轉睛。

吱吱聲響中，一片片的瓷土在刀鋒之下降落。

只是一層薄薄的瓷土。

在瓷土之下，赫然是一隻白玉手鐲。

四人不約而同一齊探頭望去。

那隻白玉手鐲色澤光潔，觸手冰涼，顯然價值不菲。

在手鐲之上，刻著一對小小的鳳凰。

雖然小，但嘴眼翎毛無不清晰可辨，神態靈活，栩栩如生，刻工之精細，實在是罕有。

蕭七第二個拿起了那隻玉鐲，目光一落，看見那對鳳凰的一剎那間，他的面色就一變，目光就凝結。

所有的動作亦凝結！

董千戶似有所覺，道：「怎樣了？」

蕭七如夢初醒，道：「沒有什麼。」

趙松道：「你似乎非常驚訝。」

蕭七盡量掩飾內心的不安，道：「我從未見過這樣精細的雕刻。」

趙松這時候已看清楚手鐲上的那對鳳凰，道：「果然是精細得很。」

董千戶道：「這個女死者一定是大富人家的女兒。」

趙松道：「應該是的了。」

董千戶道：「如此查起來也就容易得多了。」

趙松道：「唔。」

兩人的注意都被那對鳳凰吸引，也以為蕭七真的因此驚訝，沒有再追問。

一陣風即時又透戶吹入，蕭七又機伶伶打了一個寒噤，眉宇間不覺又露出了不安之色。

為什麼不安？

◇

清晨。

旭日已昇，朝霧未散。

蕭七，董千戶，趙松在淒迷朝霧中，柳林中。

東風如夢。

吹不動他們的衣袂，也吹不開柳林中的朝霧。

◇

柳林深處有一幢莊院。

城東這附近一帶，亦只有這麼一幢莊院。

孤獨的莊院，寂靜的莊院，淒迷朝霧中，彷彿並不是人間所有。

柳林靜寂，天地靜寂。

蕭七三人簡直就像是走在死域中。

他們現在去見的也只是一個似屬於死域的人。

幽冥也就是黃泉，也就是地獄。

幽冥先生這個名字多多少少都帶著一些陰森森的鬼氣！

這個幽冥先生到底又是怎樣的一個人？

是否像幽靈一樣飄？幽靈一樣詭異？幽靈一樣恐怖？

他們不知道。

因為他們從來都沒有見過幽冥先生。

不過只要幽冥先生並沒有外出，他們很快就會見到他了。

柳林中的這幢莊院正就是幽冥先生的莊院。

一股陰森森的感覺，已經開始在他們的身體內滋長。

◇

古拙的莊院，滿佈青苔的石階。

就像是很久沒有人居住，更像是並不是人住的地方。

三人終於來到莊院之前，石階之下。

陽光斜斜的透過柳林射來，射在莊院大門上。

黑漆大門，披著陽光，幾乎完全不起光澤。

死黑色，象徵死亡的那種黑色。

門之上，簷之下，有一塊橫匾，陽光也射在這塊橫匾之上。

死黑色的橫匾，刻著奇奇怪怪的三組花紋，卻又像是三個字。

趙松看不懂，手指道：「橫匾上的是什麼？」

「不知道。」董千戶也看不出。

蕭七吁出了一口氣，道：「那是三個字。」

董千戶道：「哦？」不相信的望著蕭七。

趙松卻問道：「什麼字？」

蕭七道：「捺落迦。」

趙松道：「哦？」

蕭七道：「是梵文。」

董千戶道：「你懂梵文？」

「多少。」

「捺落迦是什麼意思？」

「地獄！」

◇

「地獄？」董千戶面色不由一變。

趙松聳然動容。

蕭七沉聲道：「我記憶之中，婆娑論上有這樣的記載——有說捺落名人，迦名惡，惡人生彼處，故名捺落迦。有說落迦名可樂，捺是不之義，彼處不可樂，故名捺落迦！」

董千戶笑道：「你懂的倒也不少。」

蕭七道：「也不多。」

董千戶又問道：「你怎麼會懂這些梵文的？」

蕭七摸摸鼻子，道：「因為有一段日子我腦袋出了毛病，竟然走去研究了好一段時期佛經。」

董千戶道：「你又不是去當和尚，研究佛經幹什麼？」

蕭七道：「我不是說那日子腦袋好像出了毛病麼？」

董千戶大笑。

蕭七盯著那塊橫匾，笑道：「想不到也不是完全無用！」

董千戶道：「如此說來，這幢莊院竟是惡人之地，不樂之所嘍。」

趙松道：「地獄本來就是充滿了痛苦，懲誡惡人的地方。」

董千戶忽然問道：「你看我這個人惡不惡？」

趙松道：「老前輩雖然心辣手狠，殺的卻都是邪惡之人，看似惡，其實卻並不惡。」

董千戶笑道：「可是我現在卻要進地獄了。」

趙松失笑。

董千戶摸摸腦袋，笑接道：「若是還能夠出來，我可以成佛了。」

趙松一怔道：「哦？」

董千戶大笑道：「不聞佛曰：我不入地獄，誰入地獄？」

蕭七也不禁笑了出來。

三人心頭上那股陰森森的感覺也在笑聲中蕩然一掃而空。

董千戶目光接一落，道：「這個莊院看來已經很久沒有人出入。」

趙松道：「從石階上的青苔看來，應該就是了。」

董千戶嘟噥道：「這個幽冥先生到底是怎樣的一個人？」

趙松苦笑道：「我們方才不是已經向幾個住在城東郊的人打聽過？」

董千戶道：「他們卻都說從來沒有見過這個人。」

趙松道：「也沒有膽接近這裡，所以幽冥先生這個人樣子怎樣，已經是一個謎。」

董千戶道：「他就算已死了，相信也沒有人知道！」

趙松道：「嗯。」

董千戶道：「只怕他真的已死了，而且死了很多年。」

「何以見得？」

「他若是未死，不免要出入莊院。」

「哦？」

「除非他這個莊院之內種有米麥，不用外出去找食糧！」

「不錯。」

「再說造瓷像，也得要外出買各種材料。」

「不錯。」趙松連連點頭。

「他若是出入，石階上又怎會有這麼多的青苔？」

趙松實在佩服極了，道：「老前輩非獨刀用得迅速，頭腦也靈活非常，當真是智勇雙全！」

董千戶大樂，笑不攏嘴。

蕭七即時道：「到底如何，我們進去一瞧就明白。」舉步踏上了石階。

董千戶、趙松亦步亦趨。

◇◇◇

沒有人應門。

蕭七手執門上獸環敲擊了半晌，見仍然毫無反應，就伸手推去。

門竟然是虛掩，一推即開。

「依依呀呀」的一陣怪聲隨著門的打開響了起來，聽得人毛骨悚然。

門內是一個院子，長滿了及膝野草。

野草叢中煙霧迷漫，站立著幾十個羅剎惡鬼。

有男有女，有紅有綠。

既有玉白，也有墨黑，有幾個甚至五顏六色，七彩斑斕，雖不是一個個都青面獠牙，但雖不猙獰，亦恐怖之極。

每一個都是栩栩如生，那些手執兵刃的，兵刃閃亮奪目，竟然都是金鐵打成。

幾十個羅剎惡鬼都是面向大門一動也不動，但又似蠢蠢欲動，隨時都像準備撲過來，噬你的肉，吸你的血，破你的胸膛，挖你的心肝。

觸目驚心。

趙松剎那一連打了好幾個寒噤，董千戶一聲：「嗯！」那隻右手已握在刀柄之上。

蕭七居然還笑得出來，道：「這簡直就是一個地獄！」

語聲卻顯然有些變了。

董千戶吁了一口氣道：「是不是全都是瓷像？」

蕭七道：「好像是。」

董千戶接著道：「你說肯定一些好不好？」

蕭七苦笑道：「這得要待我逐個摸上一摸之後。」

董千戶笑道：「你真的有這膽量？」

蕭七道：「假的。」

董千戶大笑道：「幸好沒有人強迫你逐個去摸一摸。」

蕭七目光一轉，道：「你現在居然還能夠這樣大笑，我實在有些佩服你。」

董千戶仍然大笑，卻道：「我這是給自己壯膽子。」

蕭七目光再轉嘆息道：「幽冥先生不愧是幽冥先生！」他說著舉腳跨過門檻。

趙松一把將他拉住，道：「你這就進去？」

蕭七道：「還等什麼？」一步走了進去！

草叢中即時「颼」一聲，竄出了一條青綠色的東西，標向蕭七立足之處。

一條蛇！

蕭七眼明手快，一腳踩在腳下。

「噗」一下異響，那條蛇的蛇頭，已被蕭七一腳踩爆，蛇身還未見捲上去，就被蕭七的腳踢飛了。

一飛半丈，落在一個羅剎惡鬼的頭上，「索」一聲，蛇身就纏住了那個羅剎惡鬼的脖子。

本來已經恐怖的那個羅剎於是更加恐怖。

董千戶倒抽了一口冷氣，趙松看在眼內，一雙腳竟似有些軟了。

蕭七居然一副若無其事的樣子。

董千戶佩服的道：「小子你的膽子果然大得很。」

蕭七嘆了一口氣，道：「差一點就破了。」

說著他繼續舉步前行。

趙松硬著頭皮跟了上去。

董千戶也算夠朋友，沒有搶在趙松之前，走在最後。

先也好，後也好，三人現在都已走進了「捺落迦」。

——地獄！

◇

荒草及膝，煙霧淒迷。

院子中蘊斥著一種難以言喻的恐怖氣氛，一股難以言喻的詭異氣味。

是泥土的氣味?是野草的氣味?是瓷土的氣味?還是群鬼的氣味?抑或地獄的氣味?

鋒利的劍尖，尖銳的矛，刀芒奪目，斧光閃亮!

三人魚貫的從劍矛刀斧下走過。

提心吊膽!

每一個羅剎惡鬼都是那麼猙獰恐怖，都像要擇人而噬，每一種兵器都好像隨時會向他們身上招呼!

看似不動，又似要動!

不看猶自可，一看難免就心驚。

卻又不能不看!

蕭七在前面開路，走得很慢，很是小心。

走過了院子，蕭七的左手已摸過十七個羅剎惡鬼。

觸手冰涼。

那似乎全部都是瓷像，蕭七卻始終是一些也不敢大意，右手始終沒有離開過腰間明珠寶劍的劍柄。

他隨時都準備應付突來的襲擊。

劍隨時都準備出鞘。

◇

劍始終沒有出鞘。

沒有襲擊。

也沒有蛇再出現。

三人終於到了對門大堂。

◇◇

大堂中有燈。

一盞血紅色的蓮花燈在正樑吊下來，蓮花燈燃燒著的火燄卻是碧綠色。

整個大堂籠罩在碧綠色的燈光下。

三人一踏進大堂，也被燈光映成了碧綠色。

在大堂的左右，站著好些瓷像，塑的都是地獄中的諸神，一身官服。

馬面，牛頭，鬼卒之外還有判官。

生死簿已打開，判官瞪眼咧嘴，右手筆高舉，似正在批判某人的生死。

對門有一面照壁，上面是一幅浮雕，雕塑的是飛揚的火燄。

血紅的火燄。

碧綠的燈光照耀下，火燄仍在隱約的透著血紅色，就像是以血煉成。

這儼然就是煉獄的景象。

◇◇

在火燄的前面，放著一張形式古怪的長案。

長案後有兩張形式古怪的椅子，椅子上左右坐著兩個身穿王袍，頭戴王冠的閻王。

一男一女。

男的猙獰，女的美麗。

男的威嚴，女的嫵媚。

那種猙獰的威嚴，那種嫵媚的美麗卻絕非人間所有。

最低限度，蕭七三人就是從來未見過。

女的那個面色原就是青綠的顏色，在青綠的燈光照耀下，簡直就是碧玉雕琢出來一般，迷人之極。

她的一雙眼卻是血紅色，如火似燄。

男的那個卻恰巧相反，他的面色如火似燄，青綠的燈光照耀之下，仍像要滴血一般，血紅得怕人。

他的一雙眼反而是碧綠色，就像是兩顆碧玉嵌在眼眶之內。

在他們的左右，懸著重重碧紗。

碧紗如煙，卻已被兩把紫金鉤左右鉤起。

蕭七三人的目光不約而同都停留在這兩個閻王的面龐之上。

三人亦不約而同，都生出了一種渺小的感覺。

那剎之間，都感覺自己的生命已操縱在眼前這兩個閻王的手上。

也只是那一剎那，董千戶忽然笑了起來。

他笑得並不大聲，但是在這個寂靜的煉獄之中，已經很響亮。

蕭七、趙松不由都奇怪的望著董千戶。

——他到底無端的笑什麼？

——不成是瘋了？

董千戶笑得雖然有些像一個瘋子，眼神看來仍然很正常，事實也並沒有瘋。

他笑著忽然道：「真是奇哉怪也！」

蕭七一怔道：「有什麼奇怪？」

董千戶道：「閻羅王我見得多了。」

蕭七又是一怔，道：「你死過很多次了？」

董千戶道：「去你的，我是說廟宇裡供奉的閻羅王。」

蕭七道：「這又怎樣呢？」

董千戶道：「我這麼多年所見到的都是男閻羅，想不到男閻羅之外，竟還有女閻羅。」

蕭七恍然道：「原來你是說這個。」

董千戶道：「我實在想不到居然有人連閻羅王的老婆也搬出來擺擺。」

他放聲大笑起來。

青綠色的燈火在笑聲中搖曳，高坐在他們前面那兩個閻羅王的面龐彷彿在變動，彷彿在怪責董千戶出言不遜。

董千戶的笑聲不由自主沉下來。

蕭七上上下下的打量了他兩遍，忽然道：「我家中有好幾十冊佛經，借給你看看好不好？」

董千戶愕然道：「那難道不是閻羅的老婆？」

「當然不是。」

「不是又是他的什麼人？」

「妹妹。」

董千戶大笑道：「小子你少在我面前胡謅，閻羅哪兒來的妹妹？」

「你怎知道他沒有妹妹？」

董千戶一怔，道：「好，我不否認不知道，莫非你就知道了？」

蕭七道：「你知道閻羅何意？」

董千戶道：「閻羅當然就是閻羅王的名字，閻羅王也就是地獄之王。」

「不錯。」

「除此之外，還有什麼意思？」

「閻羅亦是梵語，或作閻魔，琰魔，閻羅之義，實為雙王，根據記載，乃是兄妹二人，同主地獄！」

董千戶愕然道：「果真如此？」

蕭七道：「記載上的確如此。」

董千戶捋捋鬍子，大笑道：「看來我真要問你借幾冊佛經看看了。」

蕭七笑笑，道：「開卷有益。」

旁邊趙松突然叫起來：「你們看！」

蕭七、董千戶只道發生了什麼事，霍地轉頭向趙松望去。

趙松正戟指女閻羅的右側，碧紗帳之後。

一副棺材正放在那裡。

蕭七、董千戶站立的位置，視線正好被那書案擋住，並沒發覺那副棺材的存在。

他們橫移幾步，循指望去，終於發覺了。

三人連隨走過去。

◇◇

漆黑的棺材，放在碧紗帳後的兩張長凳之上。

棺蓋已蓋上，在棺材前面，一般刻上死人名字的位置，刻著一行七個字。

「幽冥先生之靈柩。」

趙松看清楚之後，微喟道：「這個幽冥先生果然已魂歸幽冥。」

董千戶笑道：「這才是名符其實。」

趙松道：「線索卻斷了。」

蕭七道：「沒有斷！」

趙松道：「哦？」

蕭七目光一掃，說道：「這個地方甚至這副棺材之上盡皆一塵不染，定必不時有人加以打掃抹拭。」

趙松目光一閃，道：「不錯。」

董千戶接道：「幽冥先生也該有一個幽冥童子才像樣。」

趙松道：「也該有一個幽冥夫人。」

董千戶道：「無論還有誰，我們全都將之找出來。」

趙松道：「好！」

兩人一唱一和，舉步方待搜索一番，蕭七突然叫住：「且慢！」

董千戶道：「事不宜遲。」

趙松道：「遲恐生變。」

蕭七嘆了口氣，道：「那麼最低限度也等我將這副棺材打開來看看。」

「什麼？」董千戶瞪大了眼睛。

蕭七道：「你們難道不想見一見幽冥先生的廬山真面目？」

趙松道：「也許他已經死了多年，已變成一具骷髏。」

董千戶道：「也許他死了才不久，魂魄還未散，一打開棺蓋，就化成厲鬼猛撲出來！」

話口未完，他自己打了兩個寒噤。

蕭七嘆息道：「這些話等我將棺蓋打開才說好不好？」

董千戶笑道：「可惜我話已經說出口，要收也收不回了。」

蕭七又一聲嘆息，道：「最可惜的卻是你是老前輩，否則這件事少不免要請你代勞。」

董千戶大笑，說道：「這的確可惜得很。」

笑聲中，蕭七將棺蓋打開。

他小心翼翼，一點也不敢大意，董千戶手把刀柄，站在蕭七的旁邊，眼睛眨也不眨，也隨時準備應變，惟恐應了自己的話，棺材中真的撲出厲鬼來。

趙松站在蕭七另一邊，一雙手亦已反抄住了插在腰後的那對天門棍。

沒有異變，完全沒有。

棺蓋一打開，董千戶、趙松目光一落，齊皆怔住在當場。

棺材中赫然空無一物！

蕭七也一怔，也只是一怔。

他早已預料到可能有這種情形出現，因為這一幢莊院一如地獄，陰森而恐怖，除非對那些羅剎惡鬼別有好感，一心盼望住在地獄中的人，否則住不了一年半載，不瘋也得瘋。

幽冥先生也許是一個瘋子。

也許是一個心理變態，渴望置身於地獄的人。

也許他只不過就像那些獨喜歡畫鬼，獨喜歡作鬼詩，說鬼話的人，藉此來表達他那種與眾不同、超凡脫俗的思想，及技巧。

也許……

不管怎樣，像他那種人正所謂驚世駭俗，絕無僅有，多找一個也是困難。

即使真的有兩個這種共同嗜好的人，也不會這麼巧碰在一起。

女人？

那就更不用說。

除非真的那麼巧，否則打掃乾淨這個地方的，應該就是只有一個人——

幽冥先生！

人死若不能復生，若不能化為厲鬼，棺材中的死人應該就不會是幽冥先生。

這幢莊院內若只有幽冥先生一個人，那副棺材應該是一副空棺材。

道理雖然是這樣簡單，蕭七卻不敢立即肯定。

因為到現在為止，很多事情已超出常理之外，已不是能夠立即找出一個道理的。

現在他已能夠完全肯定。

董千戶連隨跳起來，大叫道：「好一個狡猾的小子，若不是將棺材打開來一看，還真以為他已經死掉！」

趙松連隨道：「殺人兇手一定就是他，想必他發現那個瓷像失落，恐怕我們找到這裡來，所以先裝死，使我們不再去找尋他。」

董千戶連聲道：「想必如此！」

蕭七道：「你們莫要疏忽了一點。」

趙松道：「你是說他盡可以將那個瓷像放在這個莊院內，用不著東搬西運？」

蕭七道：「嗯。」

趙松道：「這一次卻是蕭兄疏忽了一點了。」

「哦？」

「馬車乃是向這個方向奔來，幽冥先生不是運出去，乃是將那個瓷像運回來，準備放在這幢莊院之內。」

「那是說，人是在別處殺的了？」

「正是！」趙松倏的轉身回顧望堂外院子，目露驚駭之色，顫聲接道：「院子中那些瓷像，有可能全部是屍體外塗上瓷土造成。」

蕭七聽說面色一變。

董千戶笑罵道：「他哪來的這麼多屍體？」

趙松道：「去殺就有了！」

董千戶哪裡還笑得出來。

趙松說話實在很有道理。

趙松道：「好一個幽冥先生，原來是一個喪心病狂，滅絕人性的殺人魔王！」

董千戶猛捋鬍子，道：「這真是駭人聽聞，老夫活到這個年紀，還是第一次遇上這麼可怕的事情。」

蕭七緩緩道：「這一切，目前仍是推測。」

趙松道：「要證據也很簡單。」

董千戶道：「如何？」

趙松道：「我們將院子裡的瓷像擊碎就是。」

董千戶道：「不錯不錯。」

兩人便待舉步，蕭七連忙叫住：「瓷像之內若是沒有屍體，幽冥先生若是清白，你們將如何是好？」

董千戶道：「大不了賠他錢。」

「他若是不要錢，只要瓷像？」

董千戶道：「還他瓷像就是。」

蕭七嘆息道：「天下間只怕還沒有第二個人能夠造出這樣的瓷像。」

董千戶一摸腦袋，亦自嘆息道：「說句良心話，那的確是一流的技巧結晶。」

趙松道：「嗯。」

兩人的心情顯然已經平靜下來。

董千戶接道：「萬一這老小子真的是清白，要賠他一個瓷像也是困難，那麼我們就得準備坐牢了。」

趙松道：「嗯。」

董千戶瞟著他，道：「你還有什麼好辦法？」

趙松苦笑道：「只有這個了。」

董千戶回顧蕭七道：「小蕭呢？」

蕭七道：「我們還是先將幽冥先生找出來才作定奪。」

董千戶道：「不錯不錯。」

連隨問道：「哪裡去找？」

蕭七道：「先搜一遍這個地獄莊院再說吧。」

他蓋回棺材，立即在大堂內遊走了一圈，然後轉入一條走廊，步向後堂。

董千戶、趙松緊跟在後面。

在他們三人銳利靈敏的眼耳之下，這個地方若是藏有人，應該是無所遁形的。

◇◇◇◇

名符其實，這個地獄簡直就像是一個真正的地獄。

十五殿，奈何橋，傳說中地獄內應有的地方，應有的鬼神，應有盡有。

莊院相當大，卻只有一處，沒有地獄中的鬼差遊魂。

那就是用來製造瓷像的地方。

燒窯，瓷土，種種材料工具，無不齊全。

瓷土是上等的白坯細泥，磚堆如山，釉藥也是上等的釉藥，數量也十分驚人。

這不足為奇，因為樂平縣本來就是盛產釉藥，要購買瓷土，也不成問題。

奇怪的是，誰替幽冥先生採購這些材料呢？

是幽冥先生自己？

這個幽冥先生到底又是怎樣子的一個人？何以附近的住戶，對他一無所知？

莊院前後門的石階都長滿青苔，他又是如何出入？

更奇怪的就是莊院中竟沒有絲毫的食物，連廚房也都沒有。

這個幽冥先生難道竟不食人間煙火？

◇

地獄只有鬼神，沒有人。

一個也沒有。

蕭七三人回到那個大堂的時候，已經是兩個時辰之後。

趙松汗流浹背，董千戶眼睛已有些發花，蕭七的眉宇間也已露出了倦意。

董千戶挨在一條柱子上，吁了幾口氣，嘟噥道：「再下去，我今天晚上非要喝酒喝得大醉不可。」

趙松奇怪道：「為什麼？」

董千戶道：「不醉睜眼盡是鬼面，睡得著才奇怪。」

趙松苦笑道：「我這個腦袋現在就已經給鬼面塞滿了。」

董千戶道：「怎麼這幢莊院竟一個活人也沒有？」

蕭七道：「有三個。」

「就是你我他！」董千戶苦笑道：「除了我們三人之外便盡是鬼了。」

蕭七道：「也許那位幽冥先生剛巧有事情外出。」

董千戶問蕭七道：「不知他什麼時候才回來？」

蕭七笑道：「你當我是童子？」

董千戶大笑。

趙松掩口道：「兩位的意思，現在又該怎樣呢？」

蕭七道：「在這裡守候或者離開。」

趙松道：「我早該帶幾個手下來。」

董千戶大笑道：「你若是叫他們留在這兒，我擔保你前腳一走，他們後腳馬上就溜出去。」

趙松笑道：「不難想像。」

蕭七道：「不過趙兄弟現在應該回衙門一趟。」

趙松頷首道：「我派去打聽消息的手下也許有結果了。」

蕭七道：「希望如此，早些弄清楚那個女死者的身分，最低限度可以教人放下心來。」

「嗯，」趙松苦笑道：「消息現在相信已經傳開去，無論有女兒外出探親未回抑或有女兒外嫁的父母，現在想必都擔心得很。」

董千戶道：「怎會這樣嚴重？」

趙松道：「那個女死者可能是任何一個人。」

董千戶道：「玉鐲……」

趙松道：「要將一只玉鐲戴在一個死人的手腕上並不是一件困難的事情，那只手鐲說不定就是在轉移別人的注意。」

「哦？」董千戶突然瞪了蕭七一眼，道：「我也得回家走一趟了。」

趙松道：「前輩也有女兒嫁在外？」

「沒有。」董千戶皺眉道：「但有個卻外出未回。」

「不知道她現在回來了沒有？」董千戶又瞪了蕭七一眼。

蕭七嘆了一口氣，道：「看來我還是留在這裡等候幽冥先生回來的好。」

董千戶笑道：「你小子畢竟是一個聰明人。」

笑容突然又一斂，道：「現在你不妨就趁方便誠心禱告，希望我不會拿刀殺進這個地獄。」

蕭七苦笑道：「不知道這裡的閻羅靈不靈？」

趙松奇怪，道：「這是怎麼回事？」

「與你無干。」董千戶笑罵道：「小子你現在已經夠頭痛的了，還要過問他人私事。」

趙松慌忙閉上嘴巴。

董千戶一把拉住他的手臂，道：「我們走！」大踏步走出大堂。

趙松不走也不成。

蕭七目送兩人遠去，只有苦笑。

六 瓷像

血紅的火焰仍在青綠的蓮花燈中燃燒。蕭七木立在蓮花燈凝望著坐在長案後那個女閻羅，眼珠子一動也不一動。

燈火照耀下，他英俊的面龐也閃動著青綠的光輝，雖詭異，但絕不難看，反而有一種難以言喻的魔幻。

一個真正英俊的人本來就絕不受任何的燈火影響，無論在怎樣的燈光照耀下，也一樣英俊。

那個女閻羅彷彿也在凝望著蕭七。

要嫁給蕭七那個女閻羅莫非是這個樣子？

這個瓷像也莫非就是那個女閻羅的化身？

蕭七並不知道那件事。

他雖然凝望著女閻羅，眼中並沒有閻羅的存在，什麼也沒有。

他整個人都陷入沉思中，將所有事情都仔細的想了一遍。

不安之色忽然又在他眉宇間出現。

為什麼不安？

◇

也不知多久，蕭七才從沉思中恢復自我，隨即嘆了一口氣。

看來他這番沉思並沒有任何的收穫。

——無論如何也得找幽冥先生一問。

蕭七暗下了這個決定。

——他到底哪裡去了？什麼時候才回來？

——見到我，他只怕就會逃走，這幢莊院的情形，他瞭如指掌，我卻是並無多大印象，追逐想來，只怕輕易就會給他逃脫。

——那麼該怎樣？

蕭七沉吟著，目光無意落在那副棺材之上，立時又凝結。

——不錯，棺材！

——棺材是最適當的藏身地方，他回來相信一定會進來這個大堂內歇歇，只要一進來，我便出其不意從棺材內撲出，必可抓住他！

——就這樣！

蕭七舉步向那副棺材走去。

棺蓋方才已蓋回，蕭七再次將棺蓋移開，朝棺內望了一眼，倏的拔出劍，走到棺材的前面。

他深深的吸了一口氣，小心翼翼的以劍在「幽冥先生之靈柩」這七個字之間的地方刺穿了幾條縫。

刺得很適當，驟看來，真還不容易覺察。

然後他回劍入鞘，一縱身，游魚般滑進棺材之內，躺好了，才舉手，托著棺蓋，蕭七只覺得自己就像是變成了一個瞎子，眼前除了黑暗之外，什麼也都沒有！

一股嗅來極不舒服的木香迅速充滿了他的鼻子，他的肺腑。

他隨即又感覺到自己好像已變成了一個死人，已快將埋進泥土，已開始墮落進地獄。

幸好他仍然聽到自己的心房在跳動。

那種心跳的聲音現在聽來是那麼響亮，又是那麼單調，那麼恐怖！

死亡的感覺仍然是那麼濃重，壓得他簡直就像要窒息。

這樣做，到底是聰明還是愚蠢？蕭七一時間也不知道。

不過他很快就會知道的了。

棺蓋才移回原位，男女閻羅後面那幅嵌著火燄浮雕的照壁就動起來！

一團火燄無聲的飛出。

那其實是嵌著那團火燄，兩尺闊，七尺長的一塊牆壁從裡面推開來。

是一道暗門。

暗門後是一個黑黝黝的牆門。

一個人旋即從洞內飛出！

白鬢白髮，一臉皺紋，是一個老人。

奇怪的老人。

那個老人非獨鬢髮俱白，皮膚亦是白堊一樣，呈現出一種詭異的蒼白色。

就連他那雙眼瞳，也是灰灰白白，幾乎與眼白分不出來。

他相貌並不醜惡，神態也並不猙獰，卻說不出的詭異，眉很豎，眼很細，鼻很狹，嘴薄，但耳朵很長，整塊臉都很長。

頸也長，腰肢也長，手腳四肢更就像猿猴一樣。

蕭七身材也算高的了，但比起這個老人，最少還矮一個頭。

這個老人簡直就像是一個只用「白坯細泥」調水捏成，卻一下錯手給拉長了，不加以改正，入窯只燒一次，沒有塗上釉藥再燒的瓷人。

他身上穿的也是一襲白衣，襪既白，屨也白，人從壁洞裡飛出，完全就一團白霧也似。

在他右手，握著一支三尺三，閃亮鋒利的長劍。

人劍一飛兩丈，落在那副棺材之前，一劍突然刺出！

「奪」一聲，劍刺入棺材之內。

蕭七將棺蓋移好，放下手，吁了一口氣，方待怎樣將心情穩定下來，然後轉過身，從棺材前頭那些劍洞往外偷窺，就聽到了「奪」的那一聲！

在棺材之內聽來，那一聲份外響亮！

蕭七那顆心應聲猛一跳，整個人幾乎跳起來！

幸好並沒有！

那剎那之間，劍已經穿透棺材，從他的咽喉之上刺過，距離他的咽喉只不過三寸！

他已經感覺到劍上的寒氣，渾身的毛管剎那支支倒豎！

微弱的光芒從棺前的劍洞透入，正射在那支劍之上。

蕭七的眼睛也已適應。

一定神，他就看出是一支劍。

劍從左面棺壁刺入，在他的咽喉之上刺過，刺入右面的棺壁之內。

劍鋒一上一下，他方才若是跳起來，咽喉勢必就撞上劍鋒，就準得當場一命嗚呼。

他知道自己已經被發現。

否則那支劍就不會刺進來。

也知道發現他的那個人暫時還不想殺死他，否則那支劍絕不會刺得這麼巧。

可是他仍然捏了一把冷汗。

那一劍雖然刺得很有分寸，但那刹那之間，他未必躲得那麼適當，也許正在轉身，也許上身正在下躺！

無論是哪種也許，劍都可能會穿透他的咽喉！

他忽然發覺，自己的運氣實在不錯。

卻只是不錯。

因為死亡的威脅現在才剛剛開始，才降臨。

他並不懊惱，反而有點想笑的感覺。

因為他還沒有忘記，是他自願進來這副棺材之內。

他現在總算已知道那樣做到底是聰明還是愚蠢。

——是誰刺進來這一劍？

——幽冥先生？

動念未已，蕭七就聽到了一陣笑聲。

男人的笑聲，奇怪的笑聲，從棺材前端那些劍洞傳進來。

人是否也在棺材前面？蕭七卻不能肯定。

笑聲並不響亮，卻很清楚的傳入他耳中。

陰森！恐怖！

蕭七打了一個寒噤，卻沒有動，也不敢動。

他本來就是一個很理智的人。

現在更不能不理智，雖則生死關頭，但在動之前，仍然必須先清楚本身的處境，來人的企圖。

現在他連來人的身分也未清楚。

他只是知道，來人早已躲藏在附近，躲藏得很機密，身形很輕靈，氣力也很充沛。

若不是早已躲藏在附近，絕不會那麼快就知道有人在棺材之內。

躲藏得若不秘密，絕不能瞞過他耳目。

身形若不輕靈，他雖在棺材之內，在來人出現的時候，多少也應有感覺。

氣力若不能充沛，根本就刺不出那麼迅速，那麼凌厲的一劍！

這些加起來，已足以證明來人非獨狡猾，而且武功很高強。

在這樣的一個人監視之下，他若是妄動，無疑就等於自取滅亡。

所以他要動，就必須等候機會，掌握機會，一動就必須完全擺脫來人的控制，死亡的威脅。

他現在已經在等候機會的降臨。

機會何時降臨。

只不過片刻，在蕭七的感覺，已有若幾個時辰。

棺材，黑暗，森寒的利劍，死亡的威脅。

有生以來，蕭七第一次陷身這樣恐怖的惡劣的境地。

冷汗已經從他的額上涔下。

◇◇◇

笑聲終於停下。

一個奇怪的語聲旋即傳來：「你死了沒有？」

陰陽怪氣，蕭七從來都沒有聽過這麼奇怪的語聲。

語聲說話中，居然好像很關心蕭七的生死。

蕭七長長嘆了一口氣，說道：「還沒有。」

那個奇怪的語聲又問道：「也沒有刺傷你？」

蕭七道：「也沒有。」

「嗯，說話中氣很充足，想來並沒有說謊，很好很好！」

一連兩聲很好，似乎很高興那一劍並沒有刺傷蕭七。

蕭七聽得詫異，反問道：「你不想殺我？」

「暫時還不想。」

「也不想傷我？」

「暫時也不想。」

「只是暫時？」

「不錯！」奇怪的語聲一沉。「但你若輕舉妄動，迫不得已，我也就只好立即殺了你。」

蕭七緩緩舒了一口氣，道：「高姓大名？」

「你現在躺在誰的棺材內？」

「幽冥先生，」蕭七試探問道：「閣下莫非就是幽冥先生？」

「正是！」

蕭七大大的嘆了一口氣。

奇怪的語聲立即便問道：「你嘆什麼氣？」

蕭七道：「此來我原是存心一見先生的……」

幽冥先生道：「那麼你應該就好好的坐在大堂之內等候我才是，怎麼躲在棺材裡？」

蕭七答道：「我乃是怕先生避不見我面。」

幽冥先生怪笑道：「到底不是一個老實人，才說了兩句老實話，就忍不住說謊了。」

蕭七苦笑道：「也不是完全說謊。」

「這就是說你這個人也是不完全老實的了？」幽冥先生還是怪笑不絕。「妙極妙極。」

蕭七只有苦笑。

幽冥先生接問道：「你最少有存心是打算出其不意，突然在棺材內撲出來，抓住我的吧？」

蕭七道：「不止一半。」

「老實話又來了。」幽冥先生一聽又怪笑起來，「跟你這個人說話倒也有趣得很呢。」

蕭七道：「哦？」

「你大概怎也想不到反而給我出其不意困在棺材之內吧？」

「完全想不到。」

「這句應該毫無疑問，完全是老實話的了。」

蕭七道：「嗯。」

「現在你心裡是否很難受？」

「多少。」

「生氣不生氣？」

「有一些。」

「生氣哪一個？」

「自己。」

幽冥先生大笑道：「還有句老實話，你知道不知道？」

「弄巧反拙？」

「不是這一句。」

「自挖墳墓？」

「一些也不錯！」幽冥先生大笑不已，笑得好像很開心。

——機會來了！蕭七一個身子連隨往下縮。

「篤」一聲立即在棺蓋上響起來，蕭七所有的動作只好立時停頓，鼻尖正抵著劍脊。

幽冥先生旋即笑問道：「你知道不知道我的耳朵一直貼在棺材上？」

蕭七道：「現在知道了。」

「你移動的時候衣衫能不避免與棺材底接觸？」

「不能。」

「我的耳朵一向沒有毛病，而且比別人好像還靈敏得多。」

「毫無疑問。」

「所以你還是不要再動的好。」

「哦？」

「我天生疑心很重，說不定會再給你一劍！」

「你手上還有沒有一支劍？」

「三支！」

「篤篤」又兩聲響起來。

蕭七倒抽了一口冷氣。

幽冥先生笑接道：「三支劍現在都已插在棺蓋之上，每一支都是利劍，除非你身上穿了鐵甲，否則我勸你還是不要再動的好。」

蕭七道：「我已經接受你的勸告。」

「這才是好孩子。」

「不知道你準備怎樣對付我？」

「立即你就會知道的了！」

「蓬」一聲立即響起來，整副棺材猛然一震！

蕭七駭然道：「你在幹什麼？」

幽冥先生「咭咭」怪笑，道：「將棺材釘起來！」

語聲一落，又「蓬」一聲！

蕭七心頭一動，道：「方才你插在棺材上的不是三支劍，是三枚棺材釘？」

幽冥先生道：「不錯！」蓬然又一語。

蕭七嘆息道：「你這個人原來完全不老實。」

幽冥先生道：「也不是完全。」

蕭七道：「哦？」

幽冥先生道：「即使沒有劍在手，你若是妄動，在你從棺材衝出那剎那，我要殺你相信也不困難。」

蕭七道：「現在想來當然是更加容易了。」

幽冥先生大笑道：「這個還用說？」

笑語聲中，「蓬蓬」接連兩下巨響。

蕭七忍不住問道：「你到底要釘多少口釘子？」

幽冥先生道：「左二右二前後各一，六枚釘就足夠了！」

蕭七道：「少釘一枚成不成？」

幽冥先生道：「這樣不好看。」「蓬」然釘下第六枚。

他隨即「咭咭」怪笑道：「想不到我年紀雖然老大一把，氣力還未完全退弱，七寸長的棺材釘只一搥完全敲入棺材內！」

蕭七道：「這也是老實話？」

幽冥先生道：「老實話，足七寸，半分也不短。」

蕭七嘆一口氣，道：「這麼長的釘兩枚已經足夠，連釘六枚之多，不怕將棺材撬開來的時候麻煩？」

幽冥先生道：「為什麼我還要將棺材撬開？」

蕭七道：「這可是你的棺材。」

幽冥先生道：「可惜不能再用了。」

蕭七道：「棺材不是還很好？」

幽冥先生道：「穿了那麼多洞，還說好？」

蕭七道：「這最低限度空氣流通。」

幽冥先生咭咭的怪笑道：「聽來你好像很喜歡這棺材，既然是這樣，索性就給你用好了。」

蕭七又問道：「這副棺材在哪裡可以買得到？」

幽冥先生道：「你這樣問，是不是想賠一副新的給我？」

蕭七道：「正是。」

幽冥先生道：「哪裡也買不到，是我自製的。」

蕭七道：「那麼值多少錢？」

幽冥先生道：「你想賠我錢？」

蕭七道：「我大概還賠得起。」

「為什麼你要這樣做？」

「弄壞了你的棺材，我實在很過意不去。」

「看來你這個人還不壞。」

「還不壞。」

「那就糟糕了。」

「為什麼？」

「你難道沒有聽過好人不長命這句話。」

蕭七苦笑。

幽冥先生道：「其實我這個人對於錢，也是很感興趣的。」

一頓卻又說道：「可惜我現在不等錢用。」

蕭七道：「未雨綢繆，是一種很好的習慣。」

「聽說是的，可惜我從來都沒有這種習慣。」

「那麼你什麼時候才等錢用？」

「也許一時半刻，也許十年八載。」

蕭七又嘆了一口氣。

幽冥先生大笑。

這一次的笑聲，蕭七在棺材內聽來，也覺得有點震耳。

他再次嘆了一口氣。

這個幽冥先生內功的高強實在他意料之外，人困在棺材之內，又在這樣的一個高手監視之下，他哪裡還有半分脫身的把握。

他這口氣才嘆盡，吱一聲，那支劍便已抽出。

劍脊從他的鼻尖擦過，森寒的劍氣直透心脾，那剎那之間，他不禁一連打了三個寒噤。

幽冥先生奇怪的語聲連隨又傳進來：「你現在可以在棺材內自由活動了。」

言畢笑聲旋即又大作，笑得顯然非常開心。

蕭七也笑，苦笑。

◇

幽冥先生確實在開懷大笑，每一分每一寸的肌肉都笑得不住的顫動，鬚髮也笑得怒獅般飛揚。

他坐在棺材之上，一手握劍，一手握搥，忘形下竟然將劍搥交擊起來。

叮叮噹噹的一陣金鐵聲亂響。

這個人開心起來，簡直就像小孩子一樣。

好一會，他停下劍搥，笑聲卻未絕。

蓮花燈上青綠色的火燄在他的笑聲中「突突」的不住閃動。

燈影紛搖。

男女閻羅，陰曹判官，牛頭馬面，所有瓷像臉龐上的投影在移動不已，一時間，也彷彿在開顏大笑。

無聲的大笑。

大堂中更顯得詭異，更顯得恐怖了。

半晌幽冥先生才收住笑聲，颼地從棺材上躍下，手舞劍㧪，連跑帶跳的，奔向那邊暗門。

這一次他並沒有施展輕功，腳步聲立時大作。

◇

蕭七耳貼著棺材壁那個劍洞，聽得很清楚，知道那個幽冥先生已走遠，右手隨即握住了劍柄。

「卡」一聲，劍從鞘內彈出來。

蕭七緩緩的將劍抽出。

他左手同時解下劍鞘，攏至胸膛。

七色明珠黑暗中幽然散發出柔和的七色光芒。

他以明珠為燈，細心的觀察周圍的棺壁。

接合的地方異常緊密，棺蓋周圍亦是一絲縫隙也沒有。

這個幽冥先生顯然還是一個造棺材的天才。

蕭七深深的吸了一口氣，放下了左手的劍鞘，手一翻，左右手抵在棺蓋上，正準備發力，看看能否將棺蓋撐開，忽然又聽到了腳步聲。

他所有的動作立時停頓，右手一落，又握住了劍柄！

——怎麼這樣快又回來了？

——方才他到底去了什麼地方？

幽冥先生的確又從暗門中走出來。

劍摀都已經不在他手中，卻多了一張椅子，一個木盆。

盆中有兩壺酒，一只杯，還有一隻燒熟了，香噴噴的麻辣大肥雞。

他將椅子在男女閻羅之間放下，逐樣將盆中的東西一一在那張長案之上放好，接著就在那張椅子坐下來。

然後他一搓雙手，滿滿的斟了一杯酒。

酒氣香純，顯然還是陳年佳釀。

蕭七在棺材裡也已嗅到了酒氣。

麻辣雞的香味。

他將眼睛移近棺壁那個劍洞。

那個劍洞正好就對著那邊。

女閻羅的瓷像沒有阻礙蕭七的視線，蕭七總算看到了幽冥先生的廬山面目。

——好奇怪的一個人！

蕭七不知如何，剎那竟由心寒了出來。

◈

幽冥先生吁了一口氣，舉起杯，輕呷了一口，忽然轉望著棺材那邊，道：「你可有從劍洞中往外張望？」

棺材中隱隱傳出蕭七的聲音，道：「有。」

「那麼你應該看見我了。」

「已看見。」

「我雙手之中拿著了什麼？」

「左手酒杯，右手酒壺。」

「果然看見了。」幽冥先生接問道：「你可知我喝的又是什麼酒麼？」

「好像是女兒紅。」

幽冥先生大笑道：「你的鼻子居然也不錯，不過，這卻非純正的女兒紅，只是以女兒紅為主，另外滲入了十三種其他的酒。」

「又是你弄的？」

「除了我之外，還有誰能夠弄得這種酒？」

「酒氣很香，不知酒味如何？」

「美味極了。」

「可惜可惜。」

「可惜什麼？」

「不能夠親自一試。」

「這實在可惜得很。」

「獨喝也無味。」

「我卻已習慣了，」幽冥先生又自呷了一口，咭咭怪笑道：「你還是少動腦筋好，就算我有意思請你一試我這種美酒，也不會選擇今天。」

「今天有什麼不好？」

「沒什麼不好，只是我今天實在太累了。」

「為什麼這樣累？」

「不就是為了釘棺材。」

蕭七沉默了下去。

幽冥先生一把抓起那隻大肥雞，大大的啃了一口，含糊地接道：「這隻雞也是我自己燒的。」

蕭七沒有作聲。

幽冥先生又酒又雞的吃喝一會，又說道：「我燒菜並沒有配酒那麼行。」

蕭七一直都沒有作聲，現在也仍不作聲。

幽冥先生繼續道：「所以我燒的菜也沒有名字，酒卻每一種都有。」

蕭七好像並沒有聽到。

幽冥先生接問道：「你可想知道，我現在喝的這種酒叫什麼名字？」

「叫什麼名字？」蕭七總算開口答了一句。

「閻王酒。」

「哦？」

「因為這種酒非常猛烈，不能夠多喝，否則就準得去見閻王。」

「怎樣才為之多？」

幽冥先生拿起了酒壺朝棺材那邊一晃，道：「這種酒壺約莫就十壺。」

蕭七道：「你現在準備喝多少壺？」

「你看到的了。」

「兩壺？」

「只是兩壺。」

「這實在可惜得很。」

「你想我喝多少壺？」

「最少也十壺。」

幽冥先生咭咭怪笑道：「我去見閻王，對你並沒有什麼好處。」

蕭七道：「你不去見閻王，難道對我有好處？」

「也沒有，這句可是老實話。」

「老實說，你打算將我怎樣？」

「這個嘛——」幽冥先生邪邪的一笑。「你真的很想知道？」

「想得要命。」

幽冥先生卻問道：「你是否知道我也懂得造迷藥，而且造得還不錯。」

「那又怎樣？」

「一會兒我就會將迷藥從劍洞中吹進去。」

「要將我迷倒？」

「這樣才能夠放手施為。」

「說清楚一點好不好？」

幽冥先生笑道：「我是準備將你的衣服脫光，渾身給你塗上瓷土，放進窯裡燒成瓷像。」

蕭七渾身毛管逆立，失聲道：「你……你……」

幽冥先生截口道：「你知道我這裡那些瓷像究竟是怎樣造成的？」

「不成都是用活人塗上瓷土，放進窯裡燒出來？」

「一些也不錯。」

蕭七沉聲道：「你說的都是事實？」

幽冥先生道：「難道你要我立即拿你來證明一下才相信？」

蕭七閉上嘴巴。

「方才你實在不應該阻止你那兩位朋友將瓷像敲開來一看的。」

蕭七冷笑道：「你一直在這個大堂之內？」

「否則又怎會聽到你們的說話？」

「我們卻完全不知道。」

「因為我懂得隱去身子。」

「你當自己是什麼東西？來自幽冥的幽靈？」

幽冥先生反問道：「你知道我為什麼叫做幽冥先生？」

蕭七冷笑道：「這個大堂之內若不是有地道就必定有暗壁。」

「好聰明的人。」幽冥先生呷了一口酒，皺眉道：「像你這樣聰明的人，說不定真的有辦法從棺材之內脫身出來，我還是趕快動手的好。」

蕭七慌忙道：「你不是說今天實在太累？」

幽冥先生道：「現在忽然不累了。」

蕭七又道：「你不是也有意請我喝一杯閻王酒嗎？」

幽冥先生道：「我將酒混在瓷土裡塞進你嘴巴之內也是一樣。」

蕭七嘆息道：「現在我真的有些後悔阻止我那兩位朋友敲碎那些瓷像了。」

幽冥先生「咕咕」怪笑道：「現在才後悔，是不是有些太遲？」

蕭七道：「那麼你也等喝完酒，吃罷雞才動手好不好？」

「也好。」幽冥先生大杯酒，大塊肉的吃喝起來。

以他這種速度，要將酒喝完，雖吃罷，大概也花不了多少時間。

看來他倒是有意思盡快將蕭七弄成瓷像。

在他這個地獄莊之內，最少也有三百個瓷像。

三百個瓷像，也就是三百條人命。

三百條人命雖然還不算怎樣多，但也不算少了。

這樣子殺人的兇手卻只怕是絕無僅有。

◇

蕭七再次躺下來。

棺材中充滿了酒香，嘴嚼之聲一下又一下傳入，就像是一隻老鼠，一條野獸在嚙噬著一條屍體似的。

蕭七只聽得毛管豎立。

他實在奇怪一個人的嘴嚼之聲竟然會這樣響亮。

劍仍在他的手中。

他握劍的五指卻已經鬆弛，因為他實在不想再浪費絲毫的氣力。

甚至他的精神也都已鬆弛下來。

他又在等候機會。

等候幽冥先生的再次離開。

幽冥先生也許會再次離開去拿迷藥，但迷藥也許就已在幽冥先生的身上。

蕭七也許不過在等候死神的降臨。

六枚七寸長的鐵釘已足以將棺蓋釘穩，他躺在棺材之內，渾身的氣力無疑是很難完全發揮出來，未必能夠一下子的衝棺而出。

幽冥先生若是不離開，他一推棺蓋不開，一定就再沒有第二次機會。

幽冥先生的劍剎那也許就會刺進來，一劍便足以將他刺殺棺材之內，因為在棺材之內，他根本就沒有閃避的餘地。

所以他必須等待幽冥先生離開，才能採取行動。

◇◇◇◇

嘴嚼聲由響亮而低沉。

好像已過了很久很久，又好像只過了片刻。

蕭七不清楚。

他只是知道死亡的威脅越來越濃重，越來越接近。

比利劍穿棺的時候似乎還濃重，還接近。

他的確是有這種感覺。

嘴嚼聲終於停下。

生死存亡的一刻已將降臨。

七　幽冥先生

酒並未喝完，雞也未吃罷。

幽冥先生卻突然停下了嘴嚼，兩隻手也都放下，眼珠子「骨碌」一轉，詫異的道：「奇怪？」

奇怪什麼？

他連隨放下左手的杯，右手的雞，卻扶住身前那張長案。

然後他用力的一搖腦袋，又一聲：「奇怪，怎麼今天的閻王酒如此烈。」

語聲甫落，一陣陰森森恐怖的笑聲，倏的在大堂之內響起來。

「誰？」幽冥先生驚訝的四顧。

他的動作非常遲鈍，從他的動作看來，顯然連笑聲發出的方向都分辨不出。

莫非他的聽覺也遲鈍起來了？

笑聲不絕。

青綠的火燄笑聲中不停的閃動。

幽冥先生雙眼不由自主望向那盞紅蓮燈。

燈很紅。

紅得就像盛滿了鮮血，那些鮮血又從燈內溢出來。

在他的印象中，從未見過那盞燈紅成這樣子。

也從未見過燈中的火燄青綠得那麼恐怖。

那剎那他突然發覺眼前一陣紅一陣青，整個大堂一下像沐在鮮血中，一下又像是浸在一種青綠得恐怖的漿液之內。

——怎會這樣呢？

幽冥先生竟然不由自主的打了一個寒噤，目光也不由自主的轉落向大堂中那些瓷像。

那些瓷像也是一紅一綠的，竟然好像在舉步向他走過來。

他慌忙左顧，坐在他左邊那個男閻羅即時一側首，瞋目瞪著他。

血紅的臉龐，碧綠眼睛，那剎那竟然有兩股綠芒從男閻羅那雙碧綠的眼睛射出來，箭一般落在幽冥先生的身上！

幽冥先生渾身剎那一冷，如同被一盤冰雪化開的冷水迎頭澆下，脫口「哇」的一聲，很自然的將身子一側。

他連隨望向右邊坐著那個女閻羅。

那個女閻羅已經在盯著他，倏的向他一笑。

笑容既嫵媚，又美麗，卻又說不出的詭異，說不出的恐怖。

碧綠的臉龐，血紅的眼睛，那剎那之間，突然有兩團火燄從女閻羅血紅的眼睛飛下來，向幽冥先生飛落——

火燄未到，幽冥先生渾身已經一熱，倉皇翻身，「砰」的一聲，連人帶椅摔倒地上。

以他武功的高強，身手的敏捷，竟然有這種事情發生，這實在大出他的意料之外。

他雙手支地，正想跳起來，誰知道那雙手不知何時竟然已變得虛弱不堪，連身子也都支持不住了，猛一軟，半起的身子又橫倒在地上。

幸好他仍然爬得動。

他爬轉身子，視線所及，立時就大吃一驚。

大堂中的瓷像，竟然都正在來回走動。

他很想抬高頭再望望那雙男女閻羅，可是那個頭總是抬不起來。

——莫非是眼花？

幽冥先生一閉眼睛再張開望去。

那些瓷像已停止走動，一個骷髏鬼卻出現在長案之前。

那個骷髏擁著一團白煙幽然站在大堂正中，慘綠色的兩點寒芒從眼眶中射出來，正射著幽冥先生。

陰森恐怖的笑聲竟然就是好像從骷髏的口中發出來。

笑聲猛一頓，骷髏擁著的那團白煙倏的射出了一股來，手指般指著幽冥先生。

那些陰曹判官，馬面牛頭的目光立時都似一齊落在幽冥先生的面上。

幽冥先生由心恐懼了出來。

那些瓷像無不是出自他的雙手，他造那些瓷像的時候，卻怎也想不到那些瓷像竟然會變成這樣子恐怖的。

動倒還罷了，那些瓷像的樣子，竟然會變得比原來更恐懼，更猙獰！

——莫非這並非我那些瓷像？是來自地獄的諸神？

——難道竟真的有所謂地獄？

幽冥先生動念未已，陰森森詭異的語聲就從骷髏的口中傳出來：「咄！大膽公孫白，你可知罪孽深重？」

——怎麼他竟然知道我本來的名字？

幽冥先生原本叫做公孫白，可是他這個名字早已經不用，連他自己也幾乎快要忘掉了。

可是現在竟然從那個骷髏的口中說出來。

——莫非這真的是判官？

幽冥先生心念一動，道：「誰是公孫白哪？」

他的語聲很微弱，有氣無力的，甚至有些不像是他的語聲。

骷髏立即叱喝道：「大王面前，竟還敢說謊，就不怕打入拔舌地獄？」

幽冥先生心頭一凜，道：「閣下到底是哪一位？」

「地獄使者。」

「果真？」幽冥先生仍然懷疑。

骷髏也不回答，他冷冷笑道：「你公孫白不過是一個凡人，卻妄稱幽冥先生，亂作幽冥諸神的形像，這倒還罷了，恁地竟斗膽作弄蕭公子，可知罪大？」

◇

蕭七比幽冥先生更詫異。

他原是一心準備應付生死存亡的那一刻降臨，忽然就聽到幽冥先生那兩聲「奇怪」，跟著那一句話，那一陣既陰森，又恐怖的笑聲，還有幽冥先生那一聲：「誰？」

他只道幽冥先生又在故弄玄虛，可是仍然忍不住從那個劍洞往棺材外偷窺。幽冥先生那種奇怪的舉動，那見鬼也似的左顧右盼的神色，連人帶椅的倒翻，都看在蕭七的眼內。

跟著他就聽到那一番奇怪的對答。

——難道竟真的有所謂地獄？

——難道真的有所謂鬼？

——難道幽冥先生現在真的見鬼？

——難道地獄女閻羅竟真的瞧上了自己？

——難道她真的要嫁給自己？

蕭七忽然有一種想笑的衝動。

◇◇◇◇

幽冥先生也想笑。

一怔之下，他就笑了出來，「咕咕」的怪笑聲竟然道：「女閻羅今年大概沒有一千，也有八百歲了。」

骷髏只是盯著他。

他接道：「她這麼多年以來，難道一直都沒有找到對象？」

骷髏仍然不作聲！

幽冥先生說道：「那位蕭公子以我看來最多也不過二十六七？」

骷髏終於出聲道：「陰間根本就沒有所謂年紀。」

幽冥先生「哦」一聲，笑接道：「我只道只有人間姐兒愛俏，想不到連陰間的女閻羅也一樣愛俏的，妙極妙極！」

骷髏道：「你還胡言亂語？」

幽冥先生道：「老夫說的可是心裡的話。」

骷髏冷冷道：「你陽壽本來還有三十年，作弄蕭公子雖然罪大惡極，我王念在你無知，也只減你陽壽的一半，剩下的一半，現在卻全都在你這張嘴巴之上了！」

幽冥先生一怔，道：「什麼？」

骷髏突然說出了一個很奇怪的字。

幽冥先生聽得出，那是梵文的「火」字！

「火？」他又是一怔。

骷髏道：「是地獄之火！」

幽冥先生道：「這又是什麼意思？」

骷髏道：「本使者奉命引地獄之火，將你與這個地獄莊化為灰燼！」

語聲一落，反手倏的一招！

霹靂一聲巨響，即時震動整個大堂。

幽冥先生給霹靂一聲嚇了一跳，也連隨瞥見了飛揚的火燄。

那些火燄也不知從何而來，眨眼間，大堂到處就火蛇亂舞。

幽冥先生大驚失色，脫口道：「有話好說。」

骷髏道：「留待到地獄再說！」

幽冥先生慌忙掙扎，渾身卻痠軟無力，連頭也幾乎抬不起來。

——我渾身氣力哪裡去了？

骷髏彷彿知道他心中在想什麼，即時開口替他解開了這個疑團，道：「你魂魄早已被我勾奪去，氣力無存，早已是一個活死人，只剩下一個軀殼，與幾分意識，等待地獄之火的降臨，在地獄之火中呻吟哀號。」

幽冥先生灰白的眼睛不覺露出了恐懼之色。

骷髏也不知是看在眼內抑或無所不知，接問道：「你不是一直都很喜歡幽冥？現在往幽冥了，怎麼反而又恐懼起來？」

幽冥先生一句話都說不出來。

「莫非你愛鬼的心情與那位葉公的好龍完全一樣？」骷髏又自發出那種既陰森，又恐怖的笑聲來。

裹著他的那團白煙笑聲中陡盛，迅速的將他隱沒。

在這片刻之間，整個大堂已經被火包圍。

那些火蛇竟然不少貼地向幽冥先生滑過去。

幽冥先生眼睛中恐懼之色更濃。

他瞪著那些火蛇，一點辦法也沒有。

現在他甚至已經完全不能夠動彈。

突然間，他感覺一陣天旋地轉。

——不成真的已魄散魂飛？

這是他在昏迷之前最後生出的一個念頭。

然後他完全失去知覺，爛泥般倒下。

◇◇◇◇

火燄金蛇也似飛舞流竄，嗤嗤作響。

蕭七聽到那些嗤嗤的聲響，也看見不少流竄飛舞的火蛇，不由亦恐懼起來。

——不能再等了！

他旋即在棺材內轉了一個身，掌肘膝一齊壓在棺材底之上，弓起腰背，抵住棺蓋，用力的往上頂。

不動！

再用力，也不動！

汗珠從蕭七的額頭鬢髮滾落，好幾顆淌入蕭七的嘴巴。苦而鹹。

蕭七一啟唇，集中全身的氣力，猛一聲暴響，疾往上一頂。

「勒」一聲，棺蓋終於被他頂開了半寸高的一條縫隙！

火光燈光從棺材外透入。

蕭七心頭狂喜，再轉身，握劍在手！

劍連隨插入那條縫隙，穿過那條縫隙，抵在一枚鐵釘之上！

鋒利的劍鋒，加上充沛的內力，無堅不摧！

「錚」一聲，一枚鐵釘被劍鋒削斷！

接著又「錚」一聲，第二枚！

蕭七既喜又驚。

這時候若是有人在棺材外一劍刺進來，他仍然不能閃避，也無從抵擋，必傷，必死！

◇

並沒有刺進來，什麼襲擊也沒有。

——幽冥先生莫非真的魄散魂飛，不能夠加以阻止？

——方才與幽冥先生說話，莫非也真的是一個鬼？

——縱非鬼，也必非敵人，否則既然已知道自己被困棺材之內，又怎會錯過這個可以很容易置自己於死地的機會？

——不是敵人，未必就是朋友，否則應該打開棺蓋將自己救出來才是。

——而若不是鬼，這樣來縱火殺人，必是與幽冥先生有過節，那麼幽冥先生既然已喪失氣力，要殺他實在易如反掌，何必說那麼多的廢話，又縱火那麼麻煩？

——鬼這種東西難道真的存在？

——那女閻羅難道真的要做自己的妻子？

蕭七一想到這裡，又不禁毛管豎立。

他儘管思潮起伏，動盪不已，動作並沒有停下。

「錚錚」的兩聲，又兩枚鐵釘被他以劍鋒削斷，一枚在右，一枚在棺前。

六去其四，已只剩下兩枚鐵釘。

蕭七連隨將劍放下，勁透雙臂，一聲暴喝，雙臂齊翻。

「轟」一聲，整塊棺蓋凌空疾飛了起來，蕭七連隨從棺材中飄起身來，腳尖一挑，劍從棺底飛起，他右手一探，正好將劍接住，人劍旋即飛出了棺材，凌空一個風車大翻身，落在照壁前那張長案之上。

棺蓋這時候才凌空落下，蓬然一聲，震撼整個大堂。

蕭七連人帶劍即時從長案上飛起來，「燕子三抄水」身形剎那間一連三個起落！

這個人的身形也可謂迅速的了。

◇◇

金蛇般的火燄已然從四面遊竄至大堂的中央。

遊上了柱子，竄上了長案，男女閻羅都已經被火蛇包圍，大堂兩側不少的瓷像上面，亦爬滿了火蛇！

火金黃，燈碧綠！

猙獰凶惡的地獄群鬼，飛揚閃亮的火燄群蛇，更顯得詭異，更顯得恐怖！

整個大堂彷彿已變成了煉獄，呈現出一種瑰麗輝煌之極，也恐怖詭異之極的色彩。

蕭七從來沒有見過這種瑰麗輝煌，這樣詭異恐怖的景象，也從來沒有見過遊竄得這樣迅速的火蛇！

這難道真的就是地獄之火？

地獄之火已經降臨在幽冥先生的身上！

幽冥先生左半邊身子的衣衫已經在燃燒！

一條火蛇已竄近他的腦袋，舌捲著他披散的白髮！

嗤嗤聲響中，焦臭的氣味在空氣中散開！

蕭七又豈會見死不救，身形立即從長案飛落。

「燕子三抄水！」

第一個起落，蕭七已將幽冥先生抓起來，第二個起落，就將幽冥先生身上的火燄在地面滾滅壓熄，第三個起落，已挾著幽冥先生落在棺材旁邊。

只有棺材周圍並沒有火燄遊竄上來。

難道這是女閻羅的主意，難道女閻羅知道這副棺材必定困不住蕭七，卻又怕蕭七脫身出來的時候不慎被火燄燒傷他俊美的面龐，吩咐不得使火燄接近棺材周圍？

蕭七不知道。

也無暇細想，整個大堂這時候已經陷入一片火海之中。

蕭七已感覺到火燄的酷熱。

幽冥先生卻仍然緊閉著眼睛，昏迷不醒，本來白雪也似的肌膚更加白，一絲血色也沒有，就像是一個以白雪堆成的雪人似的。

他的體溫卻灼熱如火，蕭七抱著他，就像是抱著一塊燒熱的炭。

——這個人到底怎樣了？

蕭七劍入鞘，連忙伸手一探幽冥先生的鼻孔。

仍然有呼吸，卻弱如遊絲。

莫非他的魂魄雖然已經被那個地獄使者拘走，對於他的生命並沒有多大影響？

蕭七亦無暇細想這個問題，將幽冥先生一旁放下，雙手托起了那副棺材，霹靂一聲暴喝，疾擲了出去！

棺材一擲出，蕭七剎那又將幽冥先生挾起來，凌空飛身，緊追在棺材的後面。

「轟隆」一聲，棺材撞在門左那幅牆壁之上。

老大的一幅牆壁，「轟隆」聲中，硬硬被棺材撞塌，出現了一個大洞。

蕭七挾著幽冥先生就從這個牆洞間竄出去。

大堂的門口已被烈火封閉，蕭七只有這樣才能夠闖出一條生路！

他挾著幽冥先生從這個牆洞竄出，這個牆洞瞬息就已被火燄封閉。

烈燄飛揚，緊接從牆洞中遊竄出來！

八 豔女

旭日已經在東牆之上。

沒有雲，陽光毫無阻礙的射進院子。

草叢中仍然霧氣迷漫，站立在草叢中的羅刹惡鬼在陽光閃動著令人心悸的寒芒，手中的兵刃在陽光下更閃亮奪目。

彷佛雖然光天白日，在這個莊院之中，他們依然是一無所懼。

風吹草動，悉索作響。

蕭七在草叢中將幽冥先生放下，望著那燃燒中的大堂，一時間，也不知如何是好。

金蛇般的火燄已經從門窗遊竄出來，火勢猛烈。

只憑他一個人的能力，如何能夠將火燄撲滅？

這個巧奪天工的「捺落迦」，這個幽冥先生一生心血造成的人間地獄，難道就這樣讓它在「地獄之火」中毀滅？

——只有這樣了。

蕭七嘆息在草叢中，嘆息在冷風中。

一條火蛇剎那間從門內遊竄出來，遊竄入草叢中，那一堆草叢眨眼間化成了一片火燄，而且迅速的蔓延。

那些荒草本來就極易燃燒，整個莊院到處都是草叢，莫說一個蕭七，就是十個蕭七，也未必能夠及時將野草拔光，阻止火燄蔓延。

風助火勢，一發不可收拾。

蕭七又一聲嘆息，再一次將幽冥先生抓起來，擱在肩膀上。

他也就扛著幽冥先生，轉身往莊外走去。

才走得幾步，方才他站立的地方已被火燄吞滅。

他腳步慌忙加快。

火燄的蔓延也迅速起來，整個院子迅速的變成了一個火場。

一片火海！

◇

陽光也射進了衙門的驗屍房之中。

燈未熄。

驗屍房之中異常光亮。

從那個羅剎鬼女的瓷像剝出來的那具女人屍體，仍然放在那張長桌上，卻已經用一方白布遮蓋起來。

屍臭未因此被掩去。

整個驗屍房，蘊斥著一股令人噁心的惡臭。

仵工郭老爹仍然在房中，除了他，還有兩個捕快。

那兩個捕快乃是引領一個少女進來，這種工作在他們已不是一次。

他們這一次卻是第一次陪同來認屍的人進入驗屍房之內，以往他們都只是站在門外。

因為驗屍房實在不是一個令人愉快的地方，而且需要認領的屍體又往往都是腐爛不堪，惡臭撲鼻。

這一次他們是完全不由自己！

那個少女實在太漂亮了。

漂亮而溫柔，一言一笑，甚至一舉手，一投足，都是那麼的迷人。

是名符其實的美人。

那個捕快自小就知道有所謂美人，也聽過「閉月羞花」，「沉魚落雁」等等不少形容美人說的話，卻是到今天，才知道美人是怎麼樣的。

他們一直都以為縣太爺的老婆，怡紅院的十二金釵，應該就是美人了。

可是拿她們跟眼前這個少女一比，雖然不致於變成醜八怪，但都成了庸脂俗粉。

所以他們都不由自主，跟進驗屍房。

那個少女一笑謝過了他們，眉宇就一直沒有展開。

她一身淡青色的衣裙，外面披了一件淡青色的披肩，不施脂粉，也沒有配戴多少件首飾，但每一件毫無疑問，都價值不菲。

從言談舉止看來，那個少女也顯然是出身於富有人家。

在她的腰間，斜掛著一支裝飾得很精緻，看來很名貴的劍。

不成她還懂得用劍？

那支劍在她配來，卻一些也沒有給人可怕的感覺。

最低限度那兩個捕快就已經沒有這種感覺了。

那個少女也沒有在乎驗屍房那種噁心的氣味，一進門，目光自然就落在白布蓋著的那個屍體的上面。

郭老爹一見，自然就站起身子，但，還未說什麼，門外腳步聲響處，一個人帶著兩個捕快穿過院子，急步走了過來！

正是總捕頭趙松！

◇◇◇◇

趙松也是剛回來衙門。

聽說有一個少女來到衙門認屍，已去了驗屍房，他急忙就趕來。

郭老爹看見趙松已至，便將要說的話咽回去，陪同那個少女進來的兩個捕快倒也並未忘形，一眼瞥見頭兒走來，亦自左右讓開！

青衣少女也聽到了腳步聲，看見郭老爹與那兩個捕快的情形，知道走來的必然就是衙門中的要人，橫移兩步，退過一旁。

趙松大踏步走進驗屍房，也不待那兩個捕快說話，目光一落，逕自問道：「到來認屍的可是姑娘你？」

青衣少女斂衽道：「是。」

趙松道：「我是本縣總捕頭趙松。」

青衣少女道：「趙大人。」

趙松道：「趙某人一介武夫，說話態度難免粗魯一些，姑娘切莫見怪。」

「趙大人言重。」青衣少女緩緩的抬起頭來。

趙松眼前立時一亮，他現在才看清楚那個少女的容貌，心中暗自驚嘆道：「好美的女孩子。」

他到底性格穩重，一怔便恢復常態，連隨問道：「未悉姑娘又是……」

青衣少女道：「小女子杜仙仙。」

趙松問道：「令尊……」

杜仙仙面容突然一黯，道：「先父諱名。」

趙松「哦」一聲，道：「原來是美劍客杜大俠的千金，失敬！」

仙仙道：「不敢當。」

趙松微喟道：「令尊在生的時候與我也有數面之緣，承他仗義相助，將大盜滿天飛的雙腳刺傷，我才能將人拿住，這說來，卻是四年之前的事情了。」

仙仙道：「先父也曾對我說過這件事情。」

趙松輕嘆道：「可是到令尊仙逝，我因公外出，並沒有親到靈前拜祭，實在是過意不去。」

仙仙道：「這怎能怪趙大人？」

趙松目光一轉，道：「是了，你家裡莫非有哪個人失蹤了？」

仙仙頷首。

「誰？」

「是我的姊姊，叫飛飛。」

「今年有多大？」

「二十四。」

「尚待字閨中？」

「是。」

「她是什麼時候失蹤的？」

「三天之前。」

「怎樣失蹤？」

「那一天，總是不見她出來，拍門也沒有反應，娘以為她病了，叫我進去看看她怎樣，卻不見她在房內，找遍整個莊院也一樣不見，最初還以為她去了隔壁崔大媽那兒，可是一問並沒有去過，黃昏仍不見回來。」

「一直到現在？」

「是。」

「一些消息也沒有？」

「沒有，所有地方都找遍了，仍然是下落不明，甚至沒有人在這三天之內見過她。」

「會不會走江湖去了？」

「相信不會，先父在生之日，從來就不讓我們到外面走動，說女孩子最好還是留在家中。」

「以前曾經發生過類似的事情沒有？」

「沒有。」

「那麼她失蹤之前，可有什麼奇怪的事情發生？」趙松補充道：「譬如說，她的行動可有什麼特別的地方？」

杜仙仙沉吟了半晌道：「這個倒是有一件。」

「怎樣呢？」

「在姊姊失蹤的前一夜，我正要就寢之時，忽然聽到姊姊在隔壁房間發出一聲驚呼。」

「你可有過去一看究竟？」

杜仙仙頷首。

趙松追問道：「看見什麼？」

杜仙仙目露奇怪之色，道：「姊姊獨坐在窗前，一臉的驚惶之色，好像在與什麼人說話似的，可是那兒分明就只有她一個人。」

趙松道：「窗外呢？」

杜仙仙道：「走廊上，屋簷下一樣沒有人，走廊再過就是一個水池。」

趙松道：「水池之上當然也沒有人的了。」

杜仙仙點點頭，道：「只是……」

「只是什麼？」趙松迫不及待。

杜仙仙道：「有一團淡淡的煙霧飄浮在水池的中央。」

趙松沉吟道：「也許是夜霧。」

杜仙仙道：「卻只是那裡有一團，我可是從來都沒有見過那種景象。」

趙松道：「那麼你又可有聽到什麼人的聲音？」

杜仙仙搖頭道：「只聽到我姊姊自言自語。」

趙松道：「她在說什麼？」

杜仙仙道：「我只聽到最後幾句。」

趙松道：「是怎樣的？」

杜仙仙道：「她顯然在懇求什麼人，說什麼你勾我的魂，奪我的魄也不要緊，甚至做奴做婢都好，只求你讓我侍候他左右。」

她眼中奇怪之色更濃。趙松看著她，不禁暗嘆了一口氣，好像仙仙這種毫無機心的人，他已經不知多久沒有遇見過了。

大多數的人對他們都心存避忌，若是事發在家中，更就難得一句老實話。

他相信仙仙所說的都是事實。

但若是事實，從那番說話來推測，杜飛飛當時豈非就是與鬼說話？

一時間，他先刻在幽冥先生那個地獄莊院內見過的地獄般的恐怖景象，群鬼般猙獰詭異形相不由就一一浮現眼前。

沒有人，一個人對著一團煙霧說話，杜飛飛的腦袋除非有問題，否則除了見鬼之外，難道還有第二個更合理的解釋？

她見的又是什麼鬼？

趙松打了一個寒噤。杜仙仙好像瞧出趙松在想什麼，道：「趙大人是否懷疑我姊姊當時是在與鬼說話？」

趙松苦笑。

杜仙仙接道：「我也是那麼懷疑。」

趙松嘆了一口氣，道：「當時你是在什麼地方？」

杜仙仙道：「在走廊上。」

「後來你有沒有進去你姊姊房間？」

「有，我聽得奇怪，忍不住立即推門進去。」

「門沒有關上？」

「還沒有，我進去的時候姊姊已停止說話，卻伏在妝檯之上哭泣。」

「你姊姊沒有瞧到你？」

「沒有，她始終沒有移動過姿勢，在我進去之前亦始終呆呆的凝望著水面上那團煙霧。」杜仙仙神色更加奇怪。「還是我進去叫她，搖她的肩膀之後才知道我進來。」她補充接道：「我叫了她幾聲都沒有反應，才伸手去搖她的肩膀，當時她整個人都嚇得跳起來。」

「那麼你可有問她到底是什麼事？」

「有，姊姊卻只是流淚。」

「什麼也沒有跟你說？」

「只說過幾句話。」

「是哪幾句？」

「她叫我不要再接近蕭公子，甚至想也不要再想他。」

「哪位蕭公子？」

「蕭七。」

「哦。」

「我問她為什麼，她竟說——」杜仙仙語聲一頓，苦笑了一下。

趙松急問道：「說什麼？」

「她說女閻羅已決定嫁給他，任何女孩子再接近他就會魄散魂飛！」

「哦？」

「然後她就什麼都不說，把我推出了房間。」

「之後還有什麼事情發生？」

「她將門關上，在房內哭泣，我想她一定是心情不好，不願意多說話，也就不打擾她，只道天亮再問個究竟，可是第二天早上，怎樣拍門也沒有反應，我去跟娘說，娘以為她什麼病發作，昏倒在房中，叫我設法將房門弄開看看，我繞著走廊一轉，發覺有一個窗戶只是虛掩，跳進去一看，人就不在了。」

趙松道：「夜間發生的那件怪事，沒有跟令堂說嗎？」

「沒有。」

「為什麼？」

「我娘膽子小，近來身體又不好，不想嚇著她——」

——美麗而溫柔，溫柔而體貼，這樣的女孩子哪裡找？

趙松道：「那麼你怎會知道消息來這裡？」

杜仙仙道：「今天早上我到蕭大哥家裡打聽，一個僕人說官府找到了一具不明來歷的屍體，正在追查這附近有什麼女孩子失蹤。」

「所以你就走來了？」

「我姊姊那麼年輕，身體一向又那麼好，不可能死的，可是一想到那天夜裡她的話，不由就害怕擔心起來，雖然明知不可能，還是忍不住過來一看。」

趙松轉問道：「蕭大哥又是……」

「就是蕭公子蕭七。」

「你們姊妹怎會認識他？」

「我們三人的父親，生前曾是結拜兄弟。」

「這個我倒不知道。」

「蕭大哥卻是仍未回家，否則以他的本領，一定可以很快將姊姊找到。」

「他已經回來了。」

「真的？你怎麼知道？」杜仙仙一面的驚喜之色。

「我先前還曾與他在一起。」

「那麼他現在回家去了？」

「不是。」趙松道：「他在幫助我找尋一個人，一個兇手。」

杜仙仙一怔，轉問道：「蕭大哥是什麼時候回來的？」

「昨夜。」

「卻沒有回家。」

「因為他分身無術。」趙松一笑。「昨夜他就在這兒。」

「在這個房間？」杜仙仙奇怪極了。

「屍體原就是他與我，還有董千戶一塊兒找到的。」

杜仙仙道：「在哪裡找到的？」

「在城外。」

「那應該不會是我的姊姊，她不可能走到那麼遠的。」

「屍體的身分，現在仍然是一個謎，兇手也一樣！」

「蕭大哥莫非就是去替你找兇手？」

「可以這樣說。」

「他看過那個屍體了嗎？」

「嗯。」趙松點點頭。

杜仙仙問道：「可有說是我姊姊？」

「沒有。」

杜仙仙面容一寬。趙松即時道：「沒有人能夠從屍體的面龐認出她來。」

「為什麼？」

「屍體的面龐已經破爛不堪，唯一可以證明她的身分的，在目前相信就只有一樣東西！」

「是什麼東西？」

「一只刻著一對鳳凰的玉鐲。」

杜仙仙聽到此說面色一變，道：「可以不可以給我看看？」

趙松看在眼內，心頭一動把手一揮。

郭老爹會意，將屍體戴著玉鐲的那隻手從白布之內拉出來。

杜仙仙目光一落，面色又一變，倉皇的急步上前，雙手拿著那只玉鐲，仔細一看，整個身子突然顫抖起來。

趙松都看在眼裡，脫口問道：「姑娘是不是認得這只玉鐲？」

杜仙仙顫聲答道：「這是我姊姊的東西。」

趙松道：「姑娘看清楚了嗎？」

杜仙仙頷首，將那只玉鐲放下，卻拉起了右手的衣袖。

她的手欺霜賽雪，完美無瑕。

趙松卻無心欣賞，目光落在她的右腕上。

在她的右腕上也戴著一只玉鐲。

大小一樣，形狀一樣的玉鐲，郭老爹旁邊看得真切，失聲道：「頭兒，兩只玉鐲都是一個模樣兒。」

他人雖已老，眼並未昏花，也所以仍然被官府倚重，趙松清楚這一點，也相信郭老爹的判斷，不由得神色一呆。

——蕭七難道不知道這雙玉鐲？

——他難道看不出？

——不會的，一定已經看出來。

難怪當時他看見這玉鐲時，整個人都怔住了。

——難怪他如此著急找那個幽冥先生，不惜在「捺落迦」苦候。

——這小子，倒也會裝模作樣！

趙松剎那間完全明白。

——為什麼他不說出來？

——看來他也不敢肯定，所以才急著找幽冥先生一問究竟。

——其實他可以先走一趟杜家。

——不過走這一趟，最多是知道杜飛飛的失蹤。

——縱然能夠肯定杜飛飛的死亡，肯定就是那具屍體亦沒有什麼好處。

——人死畢竟不能夠復生，他想必也想通了這一點，索性先找兇手！

——這小子倒也理智得很。

趙松沉吟間，杜仙仙又道：「這對玉鐲是先父買給姊姊的，已是十年多前的事情了，我們戴上後，一直就沒有脫下，現在更是脫不下了。」

趙松道：「這麼說，也許這就是你的姊姊？」

杜仙仙連隨接口道：「讓我看看她的臉龐。」

趙松沉吟道：「以我看姑娘還是不要看了。」

杜仙仙哀聲道：「讓我看看。」

趙松無奈一揮手，郭老爹便將蓋著屍體臉龐的白布拉開來。

破爛的臉龐，恐怖的色澤！

杜仙仙一眼瞥見，一聲驚呼，連隨哭叫道：「姊姊！」

她便要撲上去，趙松看得出來，搶先伸臂攔住，道：「姑娘切莫如此激動。」

杜仙仙雙手掩面，眼淚不住往面頰淌下來，眾人只看得心頭發酸。

趙松嘆了口氣，道：「雖然姑娘認出了那只玉鐲，仍不能夠證實屍體的身分。」

杜仙仙嗚咽不語。

趙松接說道：「必須找到了兇手，問清楚才能夠完全確實。」

杜仙仙嗚咽著問道：「蕭大哥到底哪裡去了？」

——幽冥先生那個地獄莊院並不適宜女孩子前往，何況她是在這種情形之下。

趙松心念一轉，道：「現在我也不知道他追去了什麼地方。」

杜仙仙道：「那麼我等他回來。」

趙松道：「他也許要很久才回來，我以為姑娘還是現在回家的好！」

杜仙仙方待說什麼，趙松的話已接上，道：「姑娘離家太久，令堂想必掛心，說不定就會叫人到蕭家找尋，若是給她們知道姑娘來了這裡，可就成問題了。」

「嗯。」杜仙仙頷首。

趙松沉聲道：「在事情尚未清楚之前，還是暫時不要給令堂知道這件事情較妥，姑娘明白我的話了嗎？」

杜仙仙頷首，道：「我明白。」

趙松道：「蕭公子一回來，我立即就告訴他這件事，請他趕去你們家。」

杜仙仙道：「麻煩趙大人了。」

趙松道：「用不著說這樣的話，我與令尊也是朋友，受過令尊恩惠，在情在理，都絕不會坐視不管。」

杜仙仙斂衽無語。

趙松接道：「現在有蕭公子從旁協助，事情一定很快就會有一個水落石出，姑娘暫時請不必過慮。」

杜仙仙道：「我知道了。」

她目光又落在屍體上，眼淚再次流下。

淒酸的眼淚。

——這到底是不是杜飛飛的屍體？

風漸緊。

烏雲奔馬似的湧至，不過片刻，本來明朗的天色已變得陰陰沉沉。

人有霎時之禍福，天有不測之風雲。

霹靂一聲，暴雨突然落下。

長街上眨眼間水煙迷濛，行人四散走避。

也就在這個時候，蕭七扛著幽冥先生回來了。

他沒有暫避，暴雨下穿過長街，肩上雖然托著一個人，身形仍然是那麼迅速。

兩旁屋簷下避雨的行人看見奇怪，方待看清楚是什麼人，蕭七已如飛奔過。

直奔衙門，直闖衙門。

兩個公差正在石階上逡巡，冷不防有人箭矢也似冒雨奔來，齊都嚇一跳，一個脫口喝道：「來人止步。」

語聲未落。

蕭七人已在石階之上，在兩人之間。

他一身衣衫，竟然尚未完全被雨水打濕，身形方一落，道：「借問一聲，你們總捕頭可曾回來了？」

那兩個公差這時候才看清楚來人原是蕭七，同時吁了一口氣，一個說道：「原來是蕭公子到來。」

另一個連隨應道：「已經回來了。」

「沒有再外出？」

「沒有。」

「現在哪裡可以找到他？」

兩個公差相顧一眼，一個沉吟道：「也許還在驗屍房那裡。」

蕭七「哦」一聲道：「方才莫非有人走來認屍？」

「是有一個。」

「什麼人？」

「很漂亮的女孩子。」

蕭七一皺眉，道：「叫什麼名字？」

「聽說姓杜，名字倒不清楚。」

「姓杜？」蕭七雙眉皺得更深，「現在人呢？」

「已經離開了。」答話的那個公差隨手一指道：「走那個方向。」

另一個公差補充道：「她才走了片刻呢。」

蕭七目光一轉，道：「我還是先去見見你們總捕頭。」

「請！」兩個公差不約而同一偏身，一擺手，但待替蕭七引路。

蕭七卻道：「不敢勞煩兩位，我認得路。」

話才說到一半，身形已起，箭矢般射前，到最後那一個「路」字出口，人已不見！

九　粉骷髏

暴雨落下的時候，杜仙仙已將到家。

但畢竟仍未到家。

——離家反正不遠，暫時避一會好了。

杜仙仙心念一轉，急步走前三丈，縱身掠上街旁一戶人家的簷下。

這不過片刻光景，長街的青石板已盡被雨點打濕。

雨勢滂沱。

這場雨非獨來得突然，而且也大得出奇。

簷前水滴如注，一條條水柱般，杜仙仙就像是給封在一道水晶簾之內。

——不要是一下就幾個時辰。

杜仙仙望著簷前滴水，不由嘆了一口氣。

一陣陣風即時吹至。

雨既大，風也急，颯然吹進簷下，杜仙仙忙閃到門角去。

也就那剎那，她右邊面頰突然感覺一涼！

那種冰涼的感覺並且迅速下移，痕痕癢癢，就像是一條壁虎什麼的，爬行在其上。

她不由自主打了一個寒噤，伸手往右邊面頰摸去。

摸著一抹水珠。

她抬頭望去，屋簷有兩處已洞穿，漏水的地方更就有七八處之多，水珠正不停下滴。

——原來不過是水珠。

她總算放下心來。

——怎麼破爛成這樣也不修補一下?

沉吟著,她的視線逐漸往下移。

非獨屋簷,牆壁亦是破破爛爛,白堊大都已脫落,還穿了老大的一個洞。

從這個牆洞內望,是一個院子,野草叢生,風雨之下沙沙亂響,有若無數爬蟲正在野草叢中亂竄!

屋簷下有一塊橫匾,破爛不堪,上面的金漆盡剝落,要從這塊橫匾知道這個莊院屬於何人所有的,根本就沒有可能。

莊院大門上的朱漆不少亦剝落,下半截已經腐爛,半闔著,看來好像隨時都會倒下去。

毫無疑問,這幢莊院已經荒廢多年。

杜仙仙眼珠子一轉,不由自主又打了一個寒噤。

在她的記憶中,這幢莊院並不陌生。

很多年之前,她便已經知道附近有這幢莊院,而當時這幢莊院便已荒廢了。

她也曾聽說,莊院的主人是一個退隱的鏢師,一夜仇敵找到來,闔家上下,無一倖免。

莊院就因此空置，之後不時在鬧鬼，所以始終都無人過問。

有人橫死的地方，難免就會有鬧鬼的傳說，何況這幢莊院一家人盡遭慘殺？

那是否事實，杜仙仙並不清楚，也沒有清楚的必要。

但平日走過，除非不在意，根本忘記了那回事，否則她都不會走近去，更不會走上石階。

她到底是一個女孩子。

現在卻是在這幢莊院的石階之上，大門之前，屋簷之下。

——就是這麼巧，哪裡不好躲，偏偏躲到這兒來。

——這個時候總不會有鬼出現的吧？

她一面安慰自己，一面移目再外望。

雨下得更大了。

也就在這個時候，在她的身後突然傳來了一陣令人毛骨悚然的「依呀」聲響。

她慌忙回頭望去。

莊院的一扇大門赫然正在緩緩從裡面開啟，那種「依呀」聲響正是由這大門發出來。

杜仙仙不由睜大了眼睛，卻看不見門後有人。

風雖然很大，但可以肯定，絕對吹不動這扇大門，就算真的吹得動，也絕對不會只吹開一扇。

——那麼，這扇大門怎會打開？

杜仙仙目不轉睛，由心寒出來。

她正在奇怪，眼前一花，忽然就看見了一個人。

那個人好像從門後轉出來，又好像從天而降，更好像傳說中的鬼魅一樣突然出現。

杜仙仙雖然目不轉睛，以她目光的銳利，竟然不能說那個人到底是如何出現。

那個人一身黑袍垂地，雙腳被黑袍完全遮蓋，雙手低垂，亦被長袖掩去，頭上戴著一頂竹笠，低壓眉際，整張臉都藏在竹笠之下。

他雖然站在那裡，又好像並不存在，隨時都會消散。

在他的周圍，幽然飄浮著一團似煙非煙，似霧非霧，彷彿存在，又彷彿並不存在的白氣。

就因為這團白氣，使他看起來朦朦朧朧，飄飄忽忽，似幻還真。

杜仙仙不覺脫口一聲：「誰？」

這一個「誰」字出口，她心中的寒意最少就重了一倍。

那個人一動也不動，發出了一下笑聲。

聽來好像是笑聲，杜仙仙卻有生以來，從來都沒有聽過那樣的笑聲。

但那一聲給她的感覺，的確是感覺那個人正在笑。

她再問：「你到底是誰？」

那個人不答，「笑」著呼道：「杜仙仙？」

語聲比笑聲更飄忽，更奇怪，完全就不像是人的語聲。

最低限度，杜仙仙就從來都沒有聽過這樣的人聲。

那剎那她心中的驚訝，實在難以形容，她驚訝的盯著那個人，忍不住又問：「你怎麼知道我的姓名？」

那個人又「笑」了一下，道：「我無所不知，無處不至！」

杜仙仙再次問道：「你到底是誰？」

那個人道：「這要我怎樣回答你？」

杜仙仙道：「告訴我你的姓名！」

那個人道：「我根本就沒有姓名。」

杜仙仙不相信的道：「怎會？」

那個人道：「我若是一個人，那麼阿狗阿貓都有一個名字。」

一頓才接道：「可惜我不是人。」

杜仙仙尖聲道：「你不是一個人？」

那個人道：「確實不是。」

杜仙仙道：「你說的卻是人話。」

「這是因為要你明白。」

杜仙仙上上下下的打量了那個人兩遍，道：「可是我看來看去，你還是像一個人。」

「是麼？」那個人又一笑。

怪笑聲中，他頭上那個竹笠突然飛起來，飛入了他身後院子的亂草叢中。

竹笠下是一團圓圓的東西，有如一個人的頭顱那麼大，卻裹於一塊黑布之中。

既然不是人，當然就是鬼的了。所以杜仙仙已準備看見一張青面獠牙的鬼臉，哪知道只是黑布緊裹著的一團，反而感到意外，問道：「你怎麼用黑布將面龐蒙起來？」

那個人嘆了一口氣，道：「你看不出我是背對著你？」

杜仙仙一怔。

對著她的確實就只像一個人的後腦，眼睛鼻子嘴唇的輪廓完全沒有。

她連隨問道：「你怎麼不將頭轉過來呢？」

那個人道：「因為我暫時還不想驚嚇著你。」

杜仙仙道：「暫時？」

那個人道：「不過現在雖然還不是時候，你既然有意，亦無妨讓你一見我的面目。」

語聲甫落，就緩緩的轉過身來。

他轉身的姿態非常奇怪，杜仙仙亦沒有留意，她的眼睛以至心神已完全為那個人的面目所奪。

那個人的正面也沒有眼睛鼻子嘴唇，只是一個骷髏頭，裹在黑布中。

那個骷髏頭白堊一樣，死白色，一些光澤也沒有，兩排牙齒緊緊的閉著，似笑又非笑，眼窩深陷，遽然閃爍著兩點慘綠的光芒。

這慘綠的兩點光芒，現在正朝著杜仙仙，那個人轉動的身子已停下。

杜仙仙不覺脫口一聲：「鬼！」

那個人笑道：「這個稱呼其實也並不適當，但除了這個稱呼，也實在找不到第二個適當的稱呼了。」

杜仙仙顫聲道：「你……你……」

她一連說了兩個「你」字，下面的話始終接不上來。

那個「鬼」接道：「我本非死人所化，乃地獄之主，閻羅雙王以地獄之火，之水，之土煉成，為地獄使者，傳達執行雙王一切的命令。」

杜仙仙顫聲問道：「你這次在我面前現身，也是閻羅雙王的命令？」

「不錯！」

杜仙仙既恐懼，又奇怪的道：「為什麼？」

「你認識蕭公子？」

「蕭七？」

「不錯。」

「當然認識了，我們的父親本來就是結拜兄弟。」

「我知道。」

「那麼有什麼關係？」

「你也很喜歡蕭七，是不是？」

杜仙仙嬌靨一紅，卻沒有回答，這便等於默認了。

骷髏即時語聲一沉，道：「我王已決定下嫁蕭公子，有命令下來，人間女子若有對蕭公子妄生愛念者，一律勾其魂，奪其魄！」

杜仙仙一怔，脫口道：「怎麼真的有這種事情？」

骷髏說道：「你姊姊飛飛便是一個證據。」

杜仙仙急忙問道：「我姊姊現在怎樣了？」

骷髏道：「屍體在衙門之內，魂魄在地獄之中！」

杜仙仙顫聲問道：「衙門驗屍房那個屍體，真的是我姊姊的？」

骷髏道：「那只玉鐲已足以證明了！」

杜仙仙叫了起來：「你騙我！那不是的！」

語聲未已，她的眼淚已經流下。

骷髏嘆了一口氣，道：「她是喜歡蕭公子，而且比你喜歡得只怕更深。」

杜仙仙激動的情緒逐漸平復下來，道：「喜歡一個人也有罪，而且是死罪，這還有天理？」

骷髏不作聲。

杜仙仙接道：「以我所知，很多女孩子都喜歡蕭大哥，難道一個個都是非死不可？」

骷髏道：「我王的本意，其實在殺一儆百，相信死得十來八個，就沒有其他女孩子敢再對蕭公子妄自生愛念了。」

「若是還有又如何？」

「只好殺下去。」

「到何時為止？」

「蕭公子魂歸幽冥，與我王成為夫妻為止。」

「那麼何不索性現在勾奪蕭大哥的魂魄，了卻心願……」話說到這裡，杜仙仙好像才想起自己說什麼，慌忙舉手掩住了嘴巴。

骷髏替她接下去，「也省得麻煩，是不是？」

杜仙仙搖頭急道：「我只是說說，並沒有那個心意。」

骷髏道：「這無疑是最好的解決辦法，可惜有些人的生死，我王也無力控制。」

「蕭大哥就是其中之一？」

「嗯，不過他陽壽也快盡了。」

杜仙仙道：「胡說。」

骷髏道：「他早些下去，對你們不是更好？」

杜仙仙聽不懂。

骷髏解釋道：「我王已決定網開一面，讓你們姊妹在地獄侍候蕭公子左右。」

杜仙仙驚喜道：「真的？」

骷髏反而怔住。

杜仙仙接問道：「你是現在就要勾我的魂？奪我的魄？」

骷髏道：「妳好像毫不害怕？」

杜仙仙道：「以我一個凡人，又哪是操縱生死的地獄閻羅對手，既然是非死不可，害怕又有什麼用？」

骷髏道：「嗯。」

杜仙仙道：「你還沒有答覆我。」

骷髏道：「不是現在。」

杜仙仙道：「那麼你現在出現……」

「只是告訴你死期將至，好去預備身後事。」

「是何時？」

「快了。」

「不可以說清楚？」

「不可以！」骷髏冷冷的道：「時辰一至，鬼差自會降臨，奪魄勾魂，送入地獄。」

杜仙仙靜靜的聽著，一面無可奈何之色。

骷髏接道：「已經時間無多，還不快快回家，打點後事！」

這句話說完，他身外的白氣又好像濃了幾分，看似便要消失。

杜仙仙即時突然問道：「你真的不是一個人？是地獄使者？」

骷髏沒有回答，開始後退。

杜仙仙接道：「要清楚明白，其實也很容易！」

語聲方落，劍已出鞘，倏的一劍刺了過去！

骷髏一聲「大膽」，飄然後移三尺，讓開來劍！

杜仙仙淒然一笑，道：「既然我已是將死的人，又還怕什麼？」

說話間人劍奪門而入，「哧哧哧」又是三劍。

骷髏一退，再退，三退！

杜仙仙見骷髏只是後退，膽力大壯，一聲嬌叱，人劍凌空追擊。

人如飛燕，劍如怒矢，疾射向骷髏的面門！

這一劍乃是「美劍客」杜茗仗以成名的「飛雲十一劍」之一！

杜仙仙雖然生性好靜，但自幼在父親的嚴格督促之下，日久有功，亦練得一手好劍術。

「飛雲十一劍」她盡得真傳，功力十分不錯是沒有，但六分卻是少不了。

她痛心姊姊喪命，更擔心蕭七安危，加上知道自己死期已將至，再沒有任何顧忌，對那個骷髏就動了殺機，這一劍正是全力刺出！

骷髏竟然閃不開這一劍！

寒芒一閃，劍尖正刺在骷髏的面龐之上。

「噗」一聲異響，整個骷髏頭突然間四分五裂，旋即被劍氣絞成粉碎！

杜仙仙不由一怔，長劍亦凝結半空。

那剎那之間，粉碎的骷髏頭就粉末一般四散，風雨中飛揚！

這個骷髏頭簡直就像是用粉搓成的一樣。

裹著骷髏頭的黑布沒有了憑藉，連隨萎縮，一聲悽厲已極、狼嗥也似的慘叫聲同時在那萎縮的黑布中響起來——

「杜仙仙，你好大的膽子，嗚——」

慘叫聲如哭似號，只聽得杜仙仙一連打了七八個寒噤。

「嗚——」一聲未絕，這個地獄使者的周圍竟冒起一股濃重的白煙。

白煙中，無頭的地獄使者蝙蝠也似倒飛，刹那被團白煙吞噬消失。

杜仙仙只看得頭皮發炸，毛管倒豎，猛咬牙齦，連人帶劍飛入那團白煙之中，追擊向那個地獄使者消失的方向。

飛雲十一劍相繼出手，一劍緊接一劍，一進入白煙之中，她整個身子都已裹在劍光之內。

劍光一入，那團白煙立時嗤嗤亂飛。一散即合，眨眼間將杜仙仙包圍起來。

除了翻翻滾滾的白煙之外，杜仙仙什麼也看不見。

正當此際，她忽然感覺雙腳足踝一緊，竟被抓住。

那抓住她雙腳足踝的好像是一雙手，那雙手又好像是一些血肉也都已沒有，只剩下骨骼，冷而硬！

杜仙仙這一驚非同小可，一聲驚呼，手中長劍一轉，疾往下刺！

劍刺空！

那雙手一抓便已鬆開。

杜仙仙的身形卻已因為這一抓疾往下墮，那剎那在她的感覺就像是走路冷不防在平地上有一處凹下，一腳踏空。

更像是墮向一個虛無的境地中。

——地獄！

杜仙仙突然想起了這個地方，一種前所未有，強烈之極的恐懼立時襲上她的心頭，不由自主的一閉眼睛。

也就在這個時候，她又聽到了那個地獄使者的語聲：「時辰未至，奈何——」

還有一聲嘆息。

語聲是那麼飄忽，杜仙仙完全辨不出方向。

「時」字入耳，她雙腳已著實，一軟幾乎栽倒，雙手已觸到了草葉，雙腳也是落在草叢中的感覺。

她睜眼望去，就只見白煙翻滾，不禁吁了一口氣。

這片刻之間，在她來說簡直就像是已過了好幾個時辰。

看情形她仍然是在人間，是在那幢荒宅野草叢生的院子之內。

可是她卻不敢肯定。

因為在她周圍除了白煙之外，什麼都沒有，就連腳下的草叢，也都看不見，只是感覺到。

在白煙之外，也許就是恐怖的地獄，也許就是已等候著她的地獄群鬼。

杜仙仙越想越多，也越想越恐懼。

那種恐懼的感覺，就像是夢魘一樣，壓得她有點兒透不過氣來。

她所有的感覺都變得遲鈍。

那個地獄使者的語聲她雖然聽入耳，卻分辨不出方向，也完全沒有想到應該採取什麼行動。

這種遲鈍卻剎那間便自消失。

她突然又聽到了兩聲，感覺到雨點打在頭上，身上。

——地獄中難道也有雨？

她倏的一聲叱喝，振劍，縱身向前疾衝了出去！

翻滾的白煙撞向她的面門，似有形又似無形。

她開始有窒息的感覺！

這種感覺一開始便又消失，她已經破煙而出，眼睛又看見了東西。

破爛的樓房，還有叢生的野草，頹垣斷壁。

她仍然是在人間，在那幢荒宅之內。

風雨也依舊漫天。

她身形箭矢，衝出了白煙，繼續飛前丈多遠才停下來。

劍立收，身亦轉，她眼瞳之中驚懼之色未褪，盯穩了那團白煙。

差不多兩丈方圓的地方，盡在白煙之中。

暴雨，風狂。

杜仙仙渾身上下已盡被雨水打濕。

她站在那裡，一動也不動，眼睛亦一瞬也不瞬。

看不見那個地獄使者，她傾耳細聽，也聽不到任何的特別的聲響。

那團白煙在風雨之下，迅速的淡薄，終於被雨打散，風吹盡。

風雨迷濛，野草在顫抖，沙沙之聲不絕。

杜仙仙放目四顧，整個院子已經能夠一覽無遺，那個地獄使者卻仍然不知所蹤。

——到底哪裡去了？

——莫非已經回返幽冥？

對於鬼神的存在，杜仙仙本來都一直有所懷疑，但現在，她實在難以否認方才見到的那個地獄使者並不是來自幽冥！

骷髏頭在她的劍下粉碎之後，毫無疑問仍然能夠移動，仍然能夠講話。

當時她看得很清楚，也聽得很清楚。

她本來懷疑，那是一個人戴上骷髏面具。

但那個骷髏頭卻是整個粉碎。

她也清楚的記得在衝入白煙的時候，一雙腳的足踝都被抓住，那若是一個人，是存心害她，又焉會放過那個機會？

——那難道真的是地獄使者？所說的難道全都是事實？

女閻羅竟然會看上了蕭七，竟然要下嫁蕭七，這實在是難以想像的事情。

杜仙仙不由苦笑。

——自己的死期又是何時？

杜仙仙苦笑之下，嘆息在心中。

為蕭七而死。她並不難過，因為她的確深愛蕭七，也願意為蕭七做任何犧牲。

她難過的是她姊妹兩人先後喪命，而年老的母親勢必傷心欲絕，以後的日子，又將是如何孤苦淒涼。

但除了等死之外，她能夠怎樣？

風是那麼急，雨是那麼大。

她衣衫濕透，卻竟似並無感覺，呆立在風雨之下。

「依呀」一聲，突然傳來。

杜仙仙循聲望去，方才打開的那扇大門赫然正在緩緩關上。

她卻看不見門外有人。

門內也沒有。

她動念未已，門已「蓬」一聲關閉！

一股白煙隨即在門下冒起來。

杜仙仙那顆心不由得一跳一沉。

——莫非方才的一劍觸怒了那個地獄使者，時辰雖未至，卻竟要將我困在這裡，先受些活罪？

她整個身子顫抖起來。

——無論如何，我都要見母親最後一面！

她悲呼在心中，一舉步，奔向那邊高牆。

風吹起了她的衣袂，她的腳步不知何時已變得那麼的乏力。

但是她仍然奔前，一切的動作是那麼沉重，就像是奔跑在深水中，夢魘中！

她終於奔到高牆之下，一縱身，往上拔起來。

才到高牆的一半，氣力彷彿就消失，她跌下，不由自主的跌下。

跌進牆下的草叢裡！

「娘！蕭大哥！」她悲呼，第二次拔起身子。

這一次，她的手終於抓住了牆頭，藉力再用力，她終於翻到牆頭之上。

牆外是長街，沒有人。

杜仙仙毫不猶豫躍下，連隨奔向家那邊。

她渾身的氣力彷彿因為離開了那幢荒宅恢復正常，奔跑得很快很快。

所有的氣力她都已用於奔跑中。

死期未至，何時方至？

杜仙仙不知道，卻覺得已迫近。

她有這種感覺。

一種已接近死亡的感覺。

十 火鳳凰

風雨迷濛。

整個院子迷濛在風雨之中。

這是衙門驗屍房前面那個院子。

一進入這個院子，驗屍房便已在望，蕭七腳步更快。

他看見那個驗屍房的時候，也看見了總捕頭趙松。

趙松正與兩個捕頭從驗屍房中走出來，他亦看見了蕭七，方待開口叫，蕭七與他之間的距離已由三丈縮短至一丈也不到。

——好快！

趙松由心一聲驚嘆。

也就在這個時候，他忽然看見蕭七肩上扛著的那個幽冥先生雙目猛一睜！

「小心！」這句話才出口，幽冥先生的身子已經從蕭七的肩上飛起來。

他鳥爪也似的一雙手，卻向蕭七的腦袋抓下。

破空聲驟響！

蕭七看不見幽冥先生睜眼，趙松那一聲「小心」亦未入耳，可是他卻知道幽冥先生已甦醒。

幽冥先生才睜眼，第一口氣才運轉，他就已有所感覺。

也就是這種感覺使他掠前的身形突然停下來。

他連隨感覺到幽冥先生有所動作，剎那一沉肩，一偏身，左手緊接一翻，那個幽冥先生就給他托飛！

幽冥先生那雙手即時抓下。

抓了一個空。

他一聲怪嘯，半空中一個翻身，沉右肩，又一爪抓下！

蕭七一聲輕叱，手一翻，劃向幽冥先生右腕。

幽冥先生縮右手，身一轉落左手，反拍蕭七的肩頭。

一拍三掌！

蕭七挫步偏身，翻右手，連接三掌！

「啪啪啪」三聲，幽冥先生凌空未落的身形再次飛高。

他曲膝折腰，拋肩甩手，凌空一個風車大翻身，飛快又落下，雙腳一踢，左七右八，連環十五腳。

蕭七倒踩七星，連閃十五腳，雙手一插一分一翻就朝幽冥先生雙腳足踝抓住！

幽冥先生脫口一聲，「不好！」腰身一折，蝦米一樣曲起，鳥爪也似的那雙手握向蕭七咽喉。

蕭七冷笑一聲，勁透雙腕，猛一抖，硬硬將幽冥先生曲起的身子抖直。

幽冥先生腰身再折，這一次還未曲起來，但又被蕭七硬硬的抖直。

他脫口又一聲，卻是：「不妙！」

蕭七道：「很不妙！」

幽冥先生卻趁著蕭七說話分神，三再折腰，誰知道蕭七竟好像早知道有此一著，再一次將幽冥先生已曲起的身子一抖直！

這一次，他用的力似乎還不少。

幽冥先生「哎唷」一聲，大叫道：「果真不妙得很，老骨頭得斷了。」

蕭七道：「還未斷，再下去，可就難說了。」

他雙手透勁，將幽冥先生舉了起來。

這片刻，兩人的身子已經盡被雨水打濕，蕭七英俊畢竟是英俊，並不怎樣難看，幽冥先生卻變得跟殭屍一樣。他舉手一抹臉龐，忽然道：「你這樣舉著我不辛苦嗎？」

蕭七一笑道：「暫時還不覺。」

幽冥先生又道：「我這雙腳最少已半年都沒有洗，臭得要命。」

蕭七道：「是麼？我可嗅不到。」

幽冥先生道：「也許是你的鼻子不大通。」

蕭七道：「也許是。」

他一頓接道：「不過怎樣臭也好，總不致嗅死人的，是不是？」

幽冥先生不由點頭道：「嗯。」

蕭七道：「但我若不是這樣抓住你的腳，只怕腦袋已經給你踢破。」

幽冥先生道：「我不過在一試你公子的武功，雙腳並沒有用力，踢不破你的腦袋的。」

蕭七冷笑道：「真的麼？」

幽冥先生接道：「你公子也不是短命之相。」

蕭七道：「你懂得看相？」

幽冥先生道：「連這個也不懂，怎叫做幽冥先生？」

蕭七道：「那麼以你看，我最少還有幾年好活？」

幽冥先生道：「一百年雖然沒有，九十九年大概少不了。」

蕭七道：「哦？」

幽冥先生道：「所以你躺在棺材之內，我本來可以一劍將你刺死，結果還是不敢下手。」

蕭七道：「為什麼？」

幽冥先生道：「怕天譴。」

蕭七道：「方才你卻不是這樣說。」

幽冥先生道：「我方才說過什麼？」

他突然想起了什麼也似的，又一聲：「不好！」

蕭七道：「這次是什麼不好？」

幽冥先生急問道：「我那個捺落迦怎樣了？」

蕭七道：「在我破棺衝出來的時候，整個大堂已盡被烈火包圍！」

幽冥先生一怔，雙眼一翻，頭一栽，整個身子都癱軟下來。

蕭七也自一怔。

——這個老怪物莫非在使詐？

他雖然生出這個念頭，但眼所見，手所觸覺，給他的都是幽冥先生已經昏迷過去的感覺。

——這個人的心神怎會這樣子脆弱？一點打擊也禁受不住。

——莫不是另有原因？

他心念剎那一轉再轉，雙手一鬆一送，幽冥先生颯地被他送了走廊，爛泥般倒下，一動也不動。

是真的昏迷過去。

蕭七旋即縱身躍入走廊內，在幽冥先生身旁蹲下，一把叩住了他的右腕。

幽冥先生並沒有反抗，也根本沒有反應。

趙松連忙走了過來，道：「這個人怎樣了？」

蕭七道：「已昏迷過去。」將手放開，站起身子。

趙松道：「方才他好像已經昏迷過一次？」

蕭七點點頭道：「所以我才將他扛回來。」

趙松上上下下的打量了昏迷在地上的幽冥先生一遍，道：「這個人的樣子倒也古怪。」

蕭七道：「即使大白天，亦不難被嚇個半死。」

趙松不得不同意蕭七的說話，道：「莫非就是幽冥先生？」

「正是。」

「這個人若說他來自幽冥，相信也會有很多人相信。」

「的確人如其名。」

「你在哪裡抓住他的？」

「捺落迦。」

「就是他那個地獄莊院？」

「這附近相信再沒有第二個捺落迦了吧。」

趙松摸摸鬍子，道：「最低限度還有一個。」

蕭七會意道：「你是說真的那一個捺落迦？」

「不錯。」

「我若是由那個捺落迦回來，現在就是一個鬼魂了。」

「看來不像。」

蕭七嘆了一口氣，道：「你相信真的有所謂捺落迦？有所謂鬼魂？」

趙松道：「不相信。」

「但也不敢否定？」

「因為我沒有到過，也沒有見過，所以不相信，但沒有到過的地方，沒有見過的東西並不等於不存在。」

蕭七道：「我也是這個意思。」

趙松道：「聽幽冥先生方才與你說話，你曾經躺在棺材之內？」

蕭七道：「嗯。」

趙松奇怪問道：「這到底是怎麼一回事？」

蕭七道：「說來話長。」

趙松迫不及待把手一揮道：「進內坐下說一個詳細。」不等蕭七答覆，轉身舉步走回驗屍房內。

這附近並不是只得驗屍房一個地方可以坐下說話。

驗屍房並不是一個好說話的地方。

趙松卻顯然沒有考慮到這方面，蕭七也沒有在乎，俯身將幽冥先生抱起來，跟在趙松後面。

這是他第二次走入驗屍房。

那股屍臭比清晨離開的時候，濃烈得多了。

可是他仍然忍受得住，事實根本就沒有怎樣在意。

◇

話若要細說，的確很長，蕭七卻沒有細說。

但必須說的，都沒有遺漏。

他頭腦靈活，口齒也伶俐，雖然並沒有細說，聽的人都能夠從他的話，清楚知道在「捺落迦」發生了什麼事情。

聽到他藏身棺材之內等候幽冥先生回來，趙松不由失聲道：「好大的膽子。」

聽到幽冥先生一直躲在莊院之內，藏身暗壁之中，蕭七所有的舉動都盡在他眼裡，一待蕭七在棺材臥下，立即就打開暗門出來，一劍穿棺壁，從蕭七咽喉上刺過，非獨趙松，侍候旁邊兩個捕快，還有耽在驗屍房之內的郭老爹，全都替蕭七捏了一把冷汗。

聽到幽冥先生將棺材釘起來，趙松四人更就是毛骨悚然。

「後來怎樣？」趙松迫不及待追問。

郭老爹與那兩個捕快亦話到咽喉幾乎出口。

他們要說的正是趙松那句話。

蕭七沒有賣關子，也沒有加以任何渲染，繼續扼要的將他的遭遇說出來。

趙松他們亦都已想到蕭七後來的遭遇可能會更驚險，但雖然已做好了心理準備，仍不免心驚魄動。

蕭七遭遇的驚險恐怖，實在大出他們的意料之外。

一直到蕭七將話說完，他們才鬆過一口氣。

趙松的眼睛隨即露出了疑惑之色，道：「你說的都是事實？」

蕭七頷首，道：「都是。」

一頓接道：「至於幽冥先生的遭遇，要問他本人才清楚了。」

趙松皺眉道：「只怕他本人也不大清楚，不是說，你破棺而出的時候，他已經昏迷倒地？」

蕭七道：「但最低限度，他見過那個地獄使者。」

趙松點點頭，目光一轉，落向爛泥般倒在旁邊的幽冥先生的身上道：「看樣子，這位幽冥先生並不像已經魂飛魄散！」

蕭七道：「的確是不像。」

趙松道：「以你看……」

蕭七道：「倒有點像中了迷藥。」

趙松道：「我也是有此懷疑。」

蕭七道：「這若是事實，那種迷藥不可謂不厲害了的。」

趙松道：「哦？」

蕭七道：「以幽冥先生的武功內力，一般的迷藥相信很難不被發覺，也很難將他迷倒。」

趙松點頭道：「方才看你們交手，這個老頭兒的確是不簡單。」

他跟著問道：「他方才轉醒，並沒有什麼不妥，怎麼突然再度昏迷過去？」

蕭七道：「以我的推測，方才他所以轉醒，大概是因為淋了雨，吹了風，神智因寒冷而突然清醒過來，藥力並沒有消散，跟我一動手，藥力再發作，結果昏迷過去。」

趙松摸摸鬍子，道：「你的推測不無道理。」

蕭七道：「嗯。」

趙松道：「果真一如你所說，幽冥先生看見的就並非地獄使者，在那個大堂之內燃燒起來的也並非地獄之火了。」

蕭七微喟道：「我也希望是如此。」

趙松忽然一笑道：「得娶女閻羅做妻子，亦未嘗不是一種福氣。」

蕭七道：「何以見得？」

趙松道：「那最低限度，不用受地獄之苦。」

蕭七道：「我既非惡人，也沒有做過什麼壞事，就是死，未必就打進地獄之內，即使被打進地獄之內，相信也不用怎樣吃苦。」

趙松道：「很難說。」

蕭七道：「而且，我也不想這麼年輕就離開人世。」

趙松道：「女閻羅若是真個要嫁給你，的確不由你不離開人世。」

蕭七淡然一笑，道：「所以我絕不希望真的有這種事情。」

趙松道：「那麼又如何解釋？」

蕭七道：「現在你問我也是白問。」

一頓嘆息接道：「但怎樣也好，遲早總會有一個清楚明白的。」

趙松道：「這也是。」

目光一轉，道：「不過就目前看來，一切的事情毫無疑問，與你多少都有些關係。」

「看來就是了。」蕭七沉吟道：「那個羅剎鬼女從馬車上跌下來，恰好撲向我背後，相信也並非偶然，乃是有意針對我。」

「目的何在？」

「就是要我發現藏於其中的屍體。」蕭七目光轉向白布蓋著的那具屍體之上，「即使當時我並非與人交手，發覺背後突然有一劍刺來，閃避之外拔劍反擊，亦是正常的反應，就算不拔劍，用拳腳或者只是閃避，那個瓷像也會在地上碎裂。」

一頓接道：「看見屍體，就不由我不追究下去，只要我追究，遲早你會找到捺落迦，找幽冥先生問究竟。」

趙松道：「這附近無疑就只有幽冥先生製造那樣的瓷像。」

蕭七道：「所以這若是人為，倒像是有人蓄意嫁禍幽冥先生，當然，那個羅剎鬼女瓷像的撲向我倘非有意，純屬巧合的話，應該就是幽冥先生的所為了。」

趙松說道：「在將你困在棺材之後，他豈非已經承認，而且有意將你也燒成瓷像？」

蕭七道：「我總覺得他只是信口胡謅，其中另有蹊蹺，因為，他與我非獨素未謀面，甚至壓根兒一些關係也沒有。」

趙松說道：「那也許是兩回事，亦可能……」

話說到一半，他突然住口。

蕭七鑑貌辨色，道：「你的意思是不是，他有可能被鬼迷？」

趙松無言頷首。

蕭七嘆了一口氣，道：「這未嘗不無可能，甚至那輛車也有可能是一輛鬼車，在事情尚未水落石出之前，無論哪一種推測，都有可能是事實。」

趙松亦自嘆了一口氣，道：「有生以來我還是第一次遇上這麼奇怪的事情。」

蕭七道：「豈止你而已。」

趙松道：「這似乎還是開始。」

蕭七道：「嗯。」

趙松嘆息接道：「不要再鬧出人命就好了。」

蕭七道：「我也是這樣說。」

他冷眼望著窗外，道：「無論是人為抑或是雙王的主意，目的若是只在我蕭七的話，找我蕭七了斷就是了，不應該傷害無辜。」

趙松擊掌道：「好漢子。」

蕭七目光一轉，又落在那具屍體之上，道：「聽說方才有人來認屍？」

趙松點頭，道：「是一個女孩子！」

「姓杜？」

「是門外那兩個公差跟你說的？」

「嗯——他們都不知道她到底叫什麼名字。」

「仙仙！」

蕭七吁了一口氣，雙眉一展，但隨即又皺起來，道：「那麼死者也許就……」

趙松截口道：「杜仙仙認定死者就是她的姊姊杜飛飛！」

蕭七道：「憑那只玉鐲？」

「正是！」趙松語聲一沉，盯著蕭七道：「你其實早已經認出那只玉鐲是屬於杜家姊妹所有的了。」

蕭七無言頷首。

趙松道：「怎麼當時你不說出來？」

蕭七道：「當時我一心在想，人尚且有相似，物又豈無相同？在未能夠證實之前，我實在不想說出來，以免再生枝節，平添麻煩。」

趙松盯著蕭七好一會，搖頭道：「你其實並非不敢肯定，而只是不希望那是事實，在逃避現實而已。」

蕭七嘆息搖頭道：「仙仙和飛飛都是很好的女孩子，無論她們哪一個，我都不忍心見到遭遇不測。」

趙松目光一落，道：「杜飛飛本來是怎樣的一個女孩子，我一些印象也沒有，但仙仙這個妹妹如此美麗可愛，飛飛這個姊姊相信也不會怎樣遜色，那麼美好的女孩，這樣橫死，的確是令人於心不忍。」

蕭七道：「可惜那個兇手不是你這樣想。」

趙松道：「現在想起來，當時你看見那只玉鐲，態度已有些異樣，只是我沒有注意。」

蕭七說道：「即使你在意問到，我也會避不作答，先走一趟城東，一會幽冥先生。」

趙松道：「其實你應該先走一趟杜家，看看杜家姊妹有沒有什麼不妥才是。」

蕭七道：「事情若是真的發生在杜家，杜家的人若是已經發覺，你們多少也應該聽到一些風聲才是，由此可見杜家的人若不是仍未發覺，就必然也不大清楚，去又有何用？」

趙松道：「有道理。」

蕭七道：「再說，在未確實之前我也不想驚動杜伯母，她老人家的身體，一向不好，未必受得那麼大的打擊。」

趙松點頭道：「杜仙仙也顧慮到這方面，所以這一次她的到來，也沒有驚動母親。」

蕭七接道：「況且，這事情不發生也已經發生了，在目前必須要做的還是追尋兇手這件事，而且找到了兇手，也一樣可知道，這死者是何人，又到底是怎麼一回事。」

趙松道：「一舉兩得，這無疑是最好的解決辦法。」

蕭七道：「嗯。」

趙松摸摸鬍子，道：「你無疑也是個很理智的人。」

蕭七目光一轉，道：「仙仙她到底說過了什麼？」

趙松道：「她除了認出那只玉鐲，認定那是她姊姊飛飛的屍體之外，還說出一件很奇怪的事情來。」

蕭七追問道：「是什麼事情？」

趙松索性將杜仙仙的話覆述一遍。

蕭七越聽面色越凝重。

他沒有插口，靜靜的聽著，到最後，整個人都好像凝結在空氣之中。

趙松將話說完，看見蕭七那樣子，一聲輕嘆，道：「你說是不是很奇怪？」

蕭七如夢初覺，苦笑道：「難道女閻羅竟真的瞧上了我，要嫁與我為妻？」

趙松道：「像你這樣英俊的男人也世間少有的。」

郭老爹旁邊忽然插口道：「我活到這把年紀，還是第一次聽到這種事情。」

那兩個捕快亦自點頭，一個脫口道：「想不到人間姐兒愛俏，地獄的女閻羅也一樣。」

蕭七嘆息道：「縱然如此，索性勾我魂，奪我魄，拘我進地獄就是，又何必多害無辜？」

趙松道：「女閻羅所以這樣做，一定是有她的目的。」

郭老爹又插口道：「也許蕭公子是天上金童托世，女閻羅尚需取得玉帝同意，暫時不能夠支配蕭公子的性命，卻又忍受不了人間的女孩子鍾情蕭公子。」

趙松大笑道：「聽你這樣說，女閻羅乃是在吃醋了。」

郭老爹笑笑，道：「這未嘗不無可能，女閻羅到底也是一個女的，哪個女的不吃醋？」

趙松道：「正如你那個老婆，一大把年紀了，豈非仍然是一個醋罈子？」

郭老爹嘆了一口氣，道：「所以她與我走在一起的時候，無論迎面走來的是小姑娘抑或老太婆，我都不敢多望一眼。」

趙松笑顧蕭七道：「女閻羅的醋意果真那麼大，那你以後在女孩子面前，還是板起面龐來好了。」

蕭七苦笑道：「這也是辦法。」

趙松一正面色：「不過，在事情未清楚之前，這件事我們還是要當人間的事情來處理。」

蕭七道：「當然，除非那個女閻羅在我面前出現，否則這種事情我還是不會相信。」

趙松道：「現在你以為我們應該怎樣呢？」

蕭七道：「且待幽冥先生醒來，問他究竟再作何打算？」

趙松道：「我也是這個意思。」

蕭七道：「在目前來說，這也是沒有辦法之中的辦法。」

趙松道：「不知道他什麼時候才醒轉？」

蕭七道：「我也不知道。」

趙松道：「你可是有意留在這兒待他醒來？」

蕭七搖頭道：「我現在得先走一趟杜家。」

趙松道：「應該走一趟。」

蕭七目光轉落在幽冥先生身上，道：「這個人你打算怎樣處置他？」

趙松道：「這一個老東西，武功高強，沒有你在旁邊，我們只怕是應付不了，非將他鎖起來不可。」

蕭七道：「這樣做並不過份。」

趙松道：「暫時就鎖在這兒好了，在屍體面前，也好教他給我們一個明白。」

蕭七道：「我走一趟杜家，立即就回來。」

趙松道：「要你辛苦了。」

蕭七道：「這件事無疑因我而起，我豈能不管。」

他緩緩站起身子，一掠淋濕的頭髮。

燈光下，人看來是那麼瀟灑，是那麼英俊。

趙松不由得上上下下的打量了蕭七兩遍，旁邊老爹與那兩個捕快竟好像瞧得呆住了。

蕭七旋即舉起腳步。

趙松欠身道：「外面雨大，我叫人拿傘子來。」

蕭七道：「不用了，反正這一身衣服已經濕透。」

語聲一落，腳步已起，急步走出驗屍房，身形一縱，冒著風雨掠過驗屍房前面那個院子。

再一個起落，人已消失在院子之外。

郭老爹目送蕭七消失，吁了一口氣，忽然道：「果真是人中之龍，可惜我沒有女兒，否則就拚卻一死，也教她與女閻羅搶過明白。」

一個捕快大笑道：「你就是有女兒，女閻羅也不會要她的命。」

郭老爹一怔，道：「為什麼？」

那個捕快道：「因為她知道，蕭公子一定不會瞧上你的女兒。」

郭老爹更加奇怪，又問道：「那又為什麼？」

那個捕快道：「像你郭老爹這個模樣，就算有女兒，也不會漂亮到哪裡去，蕭公子怎會瞧上眼？」

話口未完，他已笑彎了腰。

郭老爹瞪著他，只氣得一句話也都說不出來。

旁邊一個捕快即時笑顧郭老爹，道：「老爹你也莫要多說了，否則教女閻羅聽入耳裡，可就有你麻煩的了。」

郭老爹嘿嘿冷笑，道：「我行將就木，早死一兩年，有什麼要緊。」

「只怕你入到地獄之後，她才來對付你。」

郭老爹笑容一斂，不由自主的打了一個寒噤，一句話也不敢再多說。

那個捕快看在眼內，放聲大笑。

但才笑了幾聲，心頭不知怎的，意真的寒了起來，慌忙亦閉上嘴巴。

趙松看見他們這樣子，既覺得好笑，也難免有些心寒。

事情發展到現在，已非獨詭異，簡直就是恐怖。

◇

雨仍然是那麼大，風仍然是那麼急。

蕭七出了衙門大門，在石階之上收住了腳步。

那兩個公差看見他出來，左右迎前去，一個隨即問道：「公子見過捕頭了？」

蕭七點頭。

「事情都清楚了？」

「嗯！」蕭七仰天望了一眼，心頭忽然生出一種前所未有的蕭條。

一個公差亦向天望著道：「這場雨下得可真突然，也可真大啊！」

蕭七道：「可不是。」

「公子要走了？」

蕭七道：「嗯。」

「那兒有雨傘，我去給公子拿來！」

蕭七搖頭道：「你這番好意，我心領了。」

目光一轉，身形欲起。

也就在這一個時候，一騎快馬如飛奔至。

馬黑色，神駿之極，馬上卻是一身紅衣。

還是一個女孩子，腰掛著三尺長刀。

她頭上戴著一頂竹笠，那頂竹笠卻沒有遮去她漂亮的臉龐。

那個女孩子確實很漂亮，卻不是杜仙仙那種漂亮。

仙仙漂亮得來溫柔，她漂亮得來卻是有點潑辣。

這股潑辣現在已畢露無遺。

她冒著風雨策馬在狂奔，叱喝連聲，手中馬鞭還不時反抽在馬股上。

那一身紅衣已經濕透，可是她一些也不在乎。

衣雖然濕水，看來仍是那麼紅，使得她看來，就像是一團火燄燃燒在馬鞍上，燃燒在風雨中。

若是在烈日下，那還得了？

馬奔過衙門剎那間，她無意往那邊瞥了一眼，一瞥之下，渾身突然一震，目光亦自凝結。

那匹馬剎那奔了兩丈，她才有如夢中驚醒，一聲叱喝，硬硬將馬勒住。

「希聿聿」馬嘶聲中，那匹馬旋即被她勒轉，回奔向衙門那邊。

這一次馬奔得更加快，女孩子那股潑辣反而一掃而空，嬌臉上露出了笑容。

她笑的時候比不笑的時候好看得多，又為什麼？

看見了蕭七？

◇

那個少女看見蕭七的時候，蕭七亦已看見了那個少女。

他欲起的身形不由就停下。

以前他看見那個少女，除非來不及，否則能夠開溜一定就趕快開溜。

因為那個少女溫柔的時候雖然溫柔得很，但潑辣起來，十個惡男人加起來只怕還比不上她一半的。

最少他就已經親眼兩次看見她將兩間酒樓幾乎都拆掉一半。

只因為那間酒樓的小二背後批評了她幾句，卻被她聽了入耳。

那些店小二無疑可惡，但只為了幾句話，打了人之外，還要將酒樓拆掉，這樣的女孩子也不可謂不可怕了。

她若是叫別人動手，還有得商量的餘地，但她卻自己來動手，才教人措手不及。

那兩次她原是準備將整間酒樓拆掉才肯罷休，幸好拆到一半時候，蕭七就來了。

也就只有蕭七一個人才能夠制止她。

這並非因為蕭七武功高強，是因為她太喜歡蕭七了。

只可惜她那種表現喜歡的方式，實在令人吃不消了，更可惜的就是雖然與蕭七走在一起，她一樣還會闖禍，而且因為有蕭七在旁，闖的禍更大。

所以蕭七看見她，總是找機會開溜。

這一次，他卻是站在那裡，等著她過來。

因為在現在這種環境，這種天氣之下，他未必跑得過那匹馬，若是躲進衙門裡再行開溜，又擔心那個少女在衙門內闖出禍來。

更重要的就是，他也想找到她，好得對董千戶有一個交代。

那個少女不是別人，就是董千戶的獨女董湘雲。

「火鳳凰」董湘雲。

◇◇◇

「的得」一陣馬蹄聲急如暴雨亂打芭蕉，那匹馬竟然箭也似衝上了衙門大門前面石階。

兩個公差大吃一驚，慌忙左右閃避，一個公差不忘一聲叱喝道：「來者何人，斗膽飛馬亂闖衙門？」

話口未完，馬已在石階上停下，董湘雲一聲嬌喝：「住口。」迎頭就是一鞭抽下！

蕭七慌忙一把將那條馬鞭抄住，道：「你怎麼胡亂打人？」

董湘雲也不解釋，一聲：「蕭大哥！」火雲般從馬鞍上躍下，隨即一手拉住了蕭七的一隻手。

那兩個公差看在眼內，也都怔住在那裡。

蕭七上下打量了董湘雲一遍，嘆了一口氣，說道：「半年不見，你還是那個脾氣！」

董湘雲立即問道：「這半年你到哪裡去了？」

蕭七道：「到處走走。」

董湘雲道：「我卻是到處找不到你，有幾次很接近了，誰知道趕到那去，你又已早一天離開了。」

蕭七道：「你找我幹什麼？」

董湘雲道：「沒什麼，就是要跟你一起。」

蕭七嘆了一口氣。

「怎麼你不等等我？」

「誰知道你追在我後面？」

「想不到在外面追不著，一回來就遇上。」董湘雲格格嬌笑道：「早知道這樣，我索性就在家裡等你回來，也省得那麼辛苦。」

蕭七道：「在外面走這一趟，江湖中人不知道有你這位火鳳凰的相信很少的了。」

董湘雲道：「說真的，一路上我實在幹了好幾件痛痛快快的事情。」

蕭七嘟喃道：「幸好你不在我身旁，否則夠我頭痛了。」

董湘雲笑得花枝亂顫，道：「看來我追你不著未嘗不是一件好事，否則有你在一旁，一定不肯讓我放手幹。」

蕭七道：「我是回來見到你父親，才知道你外出找我這件事。」

董湘雲道：「是我爹爹找你？」

「當然！」

「到你家？」

蕭七搖頭道：「在路上。」

「這麼巧？」

「他是知道我回來，特別在路上等候的。」

「有沒有對你動刀子？」

「還好沒有。」

「你放心，就算爹爹動刀子，看在我面上，也不會怎樣難為你的。」

「現在看見你，我才真的放下心。」

董湘雲喜形於色，偎著蕭七道：「你心中原來一直牽掛著我。」

蕭七嘆息道：「我是擔心自己的腦袋搬家，你若是有什麼不測，你爹爹的刀子準得向我的腦袋招呼。」

董湘雲嗔道：「你原來只是擔心你的腦袋。」

蕭七道：「連自己的腦袋搬家也不擔心，這個人的腦袋一定有毛病。」

董湘雲道：「也是道理。」

目光一轉，道：「你好像從衙門之內出來。」

蕭七道：「你以為我在這兒避雨？」

董湘雲上下打量了蕭七一眼，道：「看來就不像了。」

她格格嬌笑兩聲，接道：「一身衣衫濕成這樣子，還避什麼雨，乾脆跑回家算了。」

蕭七點頭。

董湘雲鬆開拉著蕭七的那隻手，一拍蕭七的肩膀，道：「那你幹什麼走來衙門？是不是哪家的女孩子為你單思病死，官府要傳你問話？」

蕭七道：「你胡說什麼？」

「然則是什麼事情？」

「我沒有時間跟你細說。」

「你在忙什麼？」

「人命案子。」蕭七道：「這件事情你爹爹也知道，可以回去問他。」

「我要你說。」董湘雲固執的道：「我要你現在說清楚。」

蕭七道：「又來了。」

董湘雲催促道：「快說快說。」

語聲未已，蕭七身形倏的一閃，從董湘雲身旁掠過，竄下石階。

董湘雲一把抓不住蕭七，急嚷道：「你要到哪裡去？」

「要知道就跟我來。」這句話說完，蕭七已在三丈之外。

董湘雲拉過韁繩，牽著馬奔下石階，旋即一縱身騎上馬鞍，一聲嬌叱，策馬追在蕭七後面。

蕭七頭也不回，蝙蝠般飛舞在暴風雨中，「颼颼颼」疾向前掠去。

董湘雲一面策馬，一面連聲高呼：「蕭大哥！」

蕭七充耳不聞，身形一落即起。

董湘雲催騎更急。

「的得」蹄聲中，那匹馬如箭離弦，緊追著蕭七。

那兩個公差目送他們去遠。

一個奇怪道：「那個女娃子是誰？」

另一個回瞪一眼，道：「連她你也不知道，可謂孤陋寡聞了。」

「不是不知道，我來到樂平鎮還不到半年。」

「我幾乎忘記了。」

「到底是誰？」

「她叫董湘雲，是董千戶的女兒。」

「奔雷刀董千戶？」

「這裡難道還有第二個董千戶？」

「有一個武功那麼高強的父親，難怪她如此凶惡了。」

「據說她的武功並不在她的父親之下呢。」

「真的？」

「是否真的不得而知，不過到現在為止她與人動手，從未打敗過可是事實。」

「這麼厲害？」

「所以在路上遇上她，你最好不要招惹她。」

「我哪有這個膽量。」

「她最討厭別人對她口齒輕薄，或者背後說她潑辣什麼。」

「我都記下了。」

「那最好。」

「是了，怎麼又叫她火鳳凰？」

「鳳凰是一種很美麗的雀鳥，她豈非也很美麗？」

「不錯不錯，至於那一個火字又是……」

「方才你有沒有留意她那身衣衫？」

「質料很好，顏色也很鮮艷。」

「而且鮮紅得就像烈火。」

「原來是這個意思。」

「再加上她的脾氣也是烈火一樣，這鳳凰不叫火鳳凰叫什麼鳳凰？」

「不錯不錯。」

「至於叫她鳳凰，據說還有另一個解釋。」

「是不是鳳凰有雌雄之意，這位董小姐雖然是一個女兒身，行動卻有如男人一樣。」

「想不到你原來也是一個聰明人！」

兩個公差相顧大笑。

笑聲倏的一落，兩人不約而同回身望去。

長街上杳無人跡。

蕭七、董湘雲早已不知所蹤。

一個公差隨即又失笑，道：「你是否擔心那位董小姐突然回來，聽到我們的話？」

「難道你不是？」

那個公差嘆了一口氣，道：「看來閒談還是莫說人非好。」

「這個倒是。」

「不過，我們偶然在這裡談談那位董小姐倒也無妨，因為她就算沒有離開縣城，也很少會在衙門之前經過。」

「嗯。」

「但對於衙門中人，譬如我們大老爺，卻還是少說為妙，因為他每天都在衙門之內，很多時都會外出走走。」

「嗯。」

「說起我們大老爺，前天我倒聽到了一件關於他的很有趣的事情。」

「你方才說的怎麼現在就忘記了？」

那個公差慌忙回轉身子。

在他的後面並沒有任何人，一個也沒有，內望院子就只見風雨迷濛。

風是那麼急，雨是那麼大。

◇

風雨下蕭七身形箭射，竟然始終走在董湘雲之前。

這就連他自己也覺得奇怪。

——莫非湘雲那匹坐騎跋涉長途，已經很疲倦了？

他的推測並沒有錯誤。

董湘雲反而疏忽了這回事，看見坐騎越跑越慢，只道牠不盡全力，立時就鞭如雨下。

這其實也並非全因為疏忽，她一氣之下，本來就什麼也會忘掉了。

也是那匹馬遭殃，這一頓鞭子下來，一個屁股快要開花了。

幸好這個時候，蕭七的身形已停下。

他縱身躍上一戶人家門前，就停在那戶人家屋簷下。

那戶人家毫無疑問是大戶人家，外表很華麗，門前石階左右還有兩隻石獅子。

董湘雲卻沒有理會那許多，一雙眼珠子盯穩了蕭七，咯咯的嬌笑道：「我看你還能夠跑到哪裡去！」

說話間又是兩鞭，那匹馬一痛再痛，勉強再發力，衝上了石階。

也就在這個時候，那戶人家的大門突然在裡面打開來，一個手拿把雨傘，大踏步從裡面跨出來。

董湘雲一騎正就向那個人迎面撞去。

那個人滿懷心事，也本來就是一個粗心大意的人，開門就跨出，並沒有理會那許多，冷不防一匹馬迎面衝來，當場嚇了一跳。

幸好他武功高強，反應一向都靈敏之極，一聲：「大膽！」身形一頓，右手一抓，就抓住了那匹馬的鼻樑。

那匹馬也竟就硬硬被他截住了去勢。

董湘雲亦一聲：「大膽！」一鞭便欲迎頭抽下。

那剎那之間她忽然發覺那個聲音是如此熟悉，也同時看清楚了那個人，握著馬鞭的那隻手當場在半空停頓，一怔旋即失聲道：「爹！」

那個人不是別人，正是董湘雲的父親——「奔雷刀」董千戶。

這戶人家也正是董家。

董千戶亦自一怔，脫口道：「怎麼是你小丫頭回來了？」

蕭七一旁看在眼內，實在有些好笑。

董千戶跟著也發現蕭七就站在一旁，「哦」一聲接道：「小蕭也來了。」

蕭七忍不住笑，欠身道：「老前輩。」

董千戶「唔」一聲，擺出一副老氣橫秋的樣子，上上下下的打量了蕭七兩遍，說道：「你怎麼一身濕透？好像落湯雞一般。」

蕭七道：「風雨奔下來，豈能不變落湯雞？」

董湘雲插口道：「我在衙門前看見他的時候，他已經是一身濕透了。」

董千戶道：「是麼？」目光一閃，又問道：「你莫非已經找到了那個幽冥先生？」

蕭七點頭。

董千戶再問道：「人已送去衙門？」

蕭七道：「相信趙松現在已將他用鐵鍊鎖起來。」

董湘雲又插口道：「幽冥先生是哪一個？蕭大哥為什麼要找他？這倒底是怎麼一回事？」

她一口氣問了三個問題，董千戶一個也不答，卻叱道：「大人說話，小孩子不要插嘴。」

董湘雲瞪眼道：「誰是小孩子？」

董千戶也不理會她，接問蕭七道：「那個幽冥先生是怎樣一個人？」

蕭七道：「很奇怪的一個老頭兒。」

「如何奇怪？」

「相貌肌膚，以至言談舉止，與常人都有些分別。」

「懂不懂武功？」

「相信不在我之下。」

「你如何將他抓住的？」

「手到拿來。」

「不是說他的武功……」

「我抓他的時候，他已經昏迷過去了。」

「是你出其不意將他擊倒？」

蕭七搖頭，道：「另有其人。」

「是誰？」

「目前尚未清楚。」

「你在哪裡抓住他的？」

「他那個地獄莊院的大堂。」

「一直沒有醒轉？」

「醒過一次，在衙門驗屍房之外，與我交手幾招，卻又再度昏迷。」

「原因何在？」

「尚未清楚。」

「這真是奇哉怪也。」

「要清楚，目前惟有等他醒轉，而神智又完全回復正常，問他一個詳細。」

「以你看，什麼時候才會再醒轉？」

「看不出。」

董千戶目光一掃，道：「你是離開衙門的時候，看見湘雲的？」

董湘雲道：「是我先看見他。」

蕭七一笑道：「但無論如何，總是我將你帶回家來。」

董湘雲一怔道：「你要去的就是我家嗎？」

蕭七道：「正是。」

董湘雲追問道：「為什麼？」

蕭七道：「將你交給你爹爹。」

他轉向董千戶，道：「老前輩，湘雲我現在交給你了。」

董千戶連聲道：「好！好！」

蕭七道：「以後你得看穩她才好，再跑掉，可與我無干。」

董千戶大笑道：「當然當然。」

蕭七道：「那麼，現在我可以告辭了吧。」

董千戶道：「急什麼？進去喝幾杯酒，我們好好的談談。」

「心領，我現在實在沒有空閒。」

董千戶道：「就是那件事？」

蕭七道：「不錯。」

董千戶問道：「可要我助你一臂之力嗎？」

蕭七道：「暫時我一個人還可以應付得來。」

董千戶道：「我們就好像一家人一樣，千萬別客氣。」

蕭七欠身道：「是——晚輩就此告辭，改天再來拜候。」

董千戶道：「萬事小心！」

「是。」這一個「是」字出口，蕭七人已在石階之下。

董千戶道：「我這柄雨傘拿去用！」

也不管蕭七接受與否，脫手將雨傘拋向蕭七。

蕭七只好接下，也不多說，手一揮，將雨傘撐開，身形亦同時展開，疾向左方掠去。

董湘雲看在眼內，一聲：「蕭大哥！」便待將坐騎勒轉追下，可是她的手才一動，韁便已給董千戶抄住。

董千戶笑問道：「你還要到哪兒？」

董湘雲道：「跟蕭大哥一起。」

董千戶又問道：「你知道他現在幹什麼？」

董湘雲反問道：「在幹什麼？」

「查案。」

「哦？」

「是人命案子，也是一件很奇怪，很棘手的案子，單憑趙松一個人我看是絕對解決不了。」

「趙松是誰？」

董千戶未回答，董湘雲已省起來，道：「是不是這兒的總捕頭？」

「就是那個趙松。」

「蕭大哥幹什麼這樣賣力去幫助他查案？」

「因為這案是我們同時遇上的。」

「我們？」

「蕭七、趙松之外，還有你爹爹我。」

「怎麼爹爹反而留在家中？」

「還不是因為你這個頑皮的丫頭。」

董湘雲奇怪道：「與我有何關係？」

董千戶道：「我是回家看著你可曾已平安回來？」

董湘雲搖頭道：「我不明白。」

「死者是一個年輕的女孩子，但面孔破爛不堪，已根本分辨不出本來面目。」

董湘雲恍然道：「爹爹擔心那個女孩子就是我？」

董千戶道：「擔心得要命，你這丫頭一去半年，全無消息，本來已經夠我擔心了。」

董湘雲面上不覺露出歉疚之色，垂下頭。

董千戶笑接道：「我方才原待走一趟衙門，看看可有什麼結果，誰知道一開門，丫頭你就出現眼前。」

他大笑不絕，現在他總算放下了心頭大石。

董湘雲看在眼內，更覺得歉疚。

她忽然想起了蕭七，回頭一望，長街上哪裡還有蕭七的影子。

「不說了，我現在不追，蕭大哥又不知道要跑到哪兒去？」她嚷著要去扳開董千戶抓著韁繩的手。

董千戶那隻手卻像是鐵鉗子一樣，笑應道：「擔心什麼，小蕭既然回來，最少有兩三年不會再外出。」

董湘雲道：「他若是現在就外出，你得替我找他回來。」

董千戶道：「依你。」

董湘雲還是頻頻回顧，一面道：「你讓我去嘛，我答應你很快就回來！」

董千戶道：「他現在哪裡去，你可知道？」

董湘雲搖頭，道：「爹爹你莫非知道？」

董千戶道：「也不知道。」

董湘雲道：「那麼我沿途找路人問問，總會知道他的去向的。」

董千戶道：「這個天氣，街道上就算有人行，也無暇理會其他人，況且小蕭回來，還是今天早上的事情，知道他回來的人只怕沒有幾個，誰會特別留意他在街上走過？」

董湘雲呶嘴道：「都是爹爹不好。」

董千戶道：「爹爹不讓你追下去，有原因的。」

董湘雲道：「什麼原因？」

董千戶道：「小蕭急著離開，必然有所發現，又或者須到某處一行，你糾纏著他，我只怕壞了他的正事。」

董湘雲道：「有我在一旁協助他，說不定事半功倍呢？」

董千戶搖頭。

董湘雲不服氣的道：「我的武功難道一點也起不了作用？」

董千戶說道：「這不是武功高低的問題。」

「那是什麼？」

「現在正需要腦筋冷靜的時候，你在他旁邊絮絮不休的說話，叫他如何冷靜得了？」

「我可以不開口說話。」

「真的能夠？」

「就算真是能夠，現在也沒用了。」董湘雲望著風雨下的長街，有點無可奈何。

董千戶笑笑道：「反正他有一段日子不會外出，多的是時間，那又何必如此著急？」

董湘雲呶嘴不語。

董千戶看著她，搖搖頭道：「你在外面走了半年，怎麼回來仍然是個火爆的脾氣？」

董湘雲道：「這可是學你的。」

董千戶道：「爹是男人，你可是一個女孩子。」

「都是人。」

「女孩子心要細，要耐性。」

「我可不慣。」

「那麼最低限度，說話態度你也得學溫柔一些。」

「最討厭就是那種娘兒腔。」

董千戶不由嘆息道：「現在我倒有些後悔一直教你跟在我身旁。」

「為什麼？」

「若非如此，你又怎會變成男人那樣。」董千戶嘆息接道：「我好的壞的，你簡直全都學得十足。」

董湘雲笑道：「這才像你的女兒。」

董千戶道：「我本來也是這樣想，也很高興，現在卻擔心了。」

「你擔心什麼？」

「擔心你嫁不出去。」

「這有什麼好擔心的。」董湘雲大笑道：「嫁不出去，才能留在你身旁，豈非更好。」

「一些也不好。」董千戶正色道：「男大當婚，女大當嫁，再說爹可以照顧自己，哪用你留在身旁。」

「既然如此，我就嫁人好了。」董湘雲大笑不絕，她笑得簡直就像個男人。甚至比一般男人還要豪爽。

董千戶聽得眉頭大皺，連連搖頭道：「男人娶老婆，都是揀溫柔的娶，你現在這樣的脾氣態度，只怕第一面，人家就給你嚇跑了。」

「那是一般的男人，蕭大哥可不是他們那麼想。」

「你憑什麼肯定？」

「方才他看見我就沒有跑了。」

「你是否很喜歡這小子？」

董湘雲反問道：「你難道不喜歡？」

董千戶捋鬚笑道：「很喜歡，這小子也實在很不錯。」

董湘雲道：「到現在為止，我還沒有遇上第二個像他這樣可愛的男人。」

董千戶大笑道：「幸好你這句話只是爹爹聽到，否則教別人笑話。」

董湘雲忽然蹙眉道：「不知他覺得我怎樣？」

董千戶道：「很好。」

「你怎麼知道？」

「因為我問過他。」董千戶笑笑道：「而且我還跟他談過你們倆的婚事。」

董湘雲的嬌靨終於一紅，卻又忍不住追問道：「蕭大哥他……他怎樣表示？」

董千戶只笑不語。

董湘雲連隨滾鞍下馬，拉著董千戶的手臂，一面搖撼一面催促道：「爹你快說嘛。」

董千戶笑道：「他說這件事你回去再說。」

董湘雲追問道：「這是什麼意思？」

董千戶「哦」的一聲，道：「這個也想不通。」

董湘雲的嬌靨又一紅。

董千戶笑道：「你半年不知所蹤，誰知道是否會遭遇不測，當然要見到你，才能夠談的了。」

董湘雲道：「我現在不是已經回來了嗎？」

董千戶道：「可惜他現在卻忙得要命呢！」

董湘雲目光轉向蕭七離開的方向，道：「我……」

董千戶截道：「就是急，也不急在這一天半天，即使他現在答應你了，這也得等一段時間來籌備。」

董湘雲的嬌靨更紅了。

董千戶目光一轉，道：「總之這件事，包在爹爹身上就是了。」

董湘雲囁道：「一定？」

董千戶說道：「爹爹幾曾跟你開過玩笑？」

這個人的自信心，也不可謂不驚人了。

蕭七現在若是在旁邊，聽到這些話，只怕就不免有些啼笑皆非。

董湘雲有生以來，嬌靨最紅的一次，相信就是現在這一次吧，她紅著臉龐，聲音也低了起來，道：「爹爹你真好。」

董千戶大笑道：「方才你不是說爹爹不好？」

董湘雲跺跺腳，低語不言，一副女兒嬌羞神態。

董千戶還是第一次看見女兒這樣子，只瞧得怔在那裡，半晌才一聲輕嘆，道：「這丫頭其實一些也不難看，若不是平日像男人一樣，小蕭那方面，又何須我出馬呢？」

董湘雲方待說什麼，董千戶話正接上，道：「不過以我看，他對你的印象其實也不錯。」

董湘雲「嗯」的一聲。

董千戶倏的一皺眉，道：「現在我只擔心一件事情。」

「什麼事情？」

「你並不是全無對手。」

「誰？」

「杜飛飛、杜仙仙姊妹。」

董湘雲面色一沉，道：「這兩個丫頭就是喜歡糾纏著蕭大哥。」

「話不是這樣說。」

「一看見她們，不知怎的我心裡就有氣。」

「她們姊妹其實也都很漂亮，若說到溫柔，你可就比不上她們了。」

董湘雲「哼」一聲，道：「娘兒腔，怪討厭的。」

董千戶笑笑道：「女孩子本該就是那樣。」

董湘雲悶哼。

董千戶接道：「她們的老子杜茗與小蕭的老子是結拜兄弟，小蕭與她們可以說是青梅竹馬長大的，就是喜歡她們也不足為奇。」

董湘雲只是悶哼。

董千戶又道：「其實她們姊妹也是很可愛的，尤其仙仙這個丫頭。」

董湘雲忽然嘆了一口氣，道：「我也不否認仙仙的確很可愛。」

語聲猛一沉，道：「但她若是喜歡蕭大哥，要將蕭大哥搶走，可就莫怪我對她不客氣了。」

董千戶一呆。

董湘雲接道：「蕭大哥可是我的，誰要喜歡他，要在我身旁將人搶去，得先問我手中刀！」

董千戶叱道：「胡說什麼。」

董湘雲的右手不覺已握在刀柄之上，眉宇間不覺也露出了殺機，冷笑道：「不管杜飛飛也好，杜仙仙也好，要打蕭大哥的主意除非她不要命！」

她完全不像在說笑。

董千戶脫口問道：「那若是小蕭的主意又如何？」

董湘雲挑眉道：「我連他也殺掉！」

董千戶又是一氣，竟然不由自主的打從心底寒了出來。

他一聲輕叱，道：「在爹爹面前儘管胡說，在別人面前，可不要這樣，你說笑別人當真，萬一杜家姊妹真有什麼閃失，你可就嫌疑大了。」

董湘雲道：「我才不管這些。」

董千戶道：「這種說笑要不得的，記穩了。」

董湘雲道：「我是認真……」

董千戶斷喝道：「住口！」

董湘雲閉上嘴巴。

董千戶又叱道：「蕭七若是不喜歡你，那就是你不好，應該好好的反省才是，不反省倒罷了，還要殺人，哪有這個道理！」

董湘雲不作聲。

董千戶再道：「每個人都有每個人的思想自由，有每個人的喜惡，自己喜歡的人未必就喜歡自己，也不能夠強迫對方來喜歡自己。」

董湘雲忽然一笑，道：「蕭大哥他又沒有說不喜歡我，現在我也沒有去殺人，爹你凶什麼？」

董千戶怔住那裡。

董湘雲接道：「不說了。」拉過轡繩往門內走去。

董千戶大喝道：「站住！」

董湘雲應聲停下，笑道：「你就是教訓我，也等我坐下再教訓好不好？」

董千戶搖頭道：「簡直目無尊長。」

董湘雲道：「我可是學你的。」

董千戶道：「胡說！」

一步跨前，又道：「你丫頭越來越大膽了，這一次若不好好的教訓你，以後還管不了了。」

董湘雲道：「你要我聽話其實也容易得很。」

董千戶笑道：「我明白你的話，那也好，我管不住你，總不信蕭七也管不住你。」

董湘雲這一次不作聲了。

董千戶連隨揮手道：「進去進去，換過衣服到內堂見我，那一筆賬，我非要好好的跟你算算不可。」

「哪筆賬？」

「一聲不響，溜了出去，半年也不回家，就不管你爹爹擔心。」

「事先我問過你了。」

「我可沒有答應。」

「誰叫你不答應？」

董千戶嘆了一口氣，道：「我們父女相依為命，你這樣一個人走了出去，萬一遭遇不測，我這個做爹爹的將會怎樣難過？九泉之下又有何顏面見你娘？」

董湘雲怔怔的望著董千戶，靜靜的聽著，她忽然發現半年不見，董千戶已蒼老了很多。

她開始感到難過，但沒有說話。

也不知應該說什麼。

董千戶又嘆了一口氣，再次揮手道：「快進去換過衣服，著涼可就不好了。」

董湘雲有些哽咽，欲言又止，緩緩垂下頭，牽著坐騎緩緩走進去。

董千戶跟在後面，眉宇逐漸又展開。

無論如何，女兒現在總算平安回來。

請續看《羅剎女》下

古龍集外集 5

驚魂六記之 羅剎女(上)

作者：古龍 / 創意　黃鷹 / 執筆
發行人：陳曉林
出版所：風雲時代出版股份有限公司
地址：10576台北市民生東路五段178號7樓之3
電話：(02) 2756-0949　　傳真：(02) 2765-3799
封面原圖：明人出警圖（原圖為國立故宮博物館典藏）
封面影像處理：許惠芳
執行主編：劉宇青
行銷企劃：林安莉
業務總監：張瑋鳳
出版日期：2022年8月
ISBN ：978-626-7025-99-4

風雲書網：http://www.eastbooks.com.tw
官方部落格：http://eastbooks.pixnet.net/blog
Facebook：http://www.facebook.com/h7560949
E-mail：h7560949@ms15.hinet.net
劃撥帳號：12043291
戶名：風雲時代出版股份有限公司

風雲發行所：33373桃園市龜山區公西村2鄰復興街304巷96號
電話：(03) 318-1378　　傳真：(03) 318-1378
法律顧問：永然法律事務所 李永然律師
　　　　　北辰著作權事務所 蕭雄淋律師

行政院新聞局局版台業字第3595號 營利事業統一編號22759935

國家圖書館出版品預行編目資料

羅剎女／古龍創意；黃鷹執筆. -- 二版.-- 臺北市：
風雲時代, 2022.06
冊；　公分.
ISBN: 978-626-7025-99-4（上冊：平裝）
ISBN: 978-626-7153-00-0（下冊：平裝）

857.9　　　　111006219